本書榮獲日本萬國博覽會紀念基金會推舉

日本語句型會話

蔡茂豐博士・著

東吳大學
日本文化研究所印行

日本語句型會話　目次

寫在前面

一、本教材乃配合拙著「日本語讀本」第一册而編寫。重點在於句型的熟練。藉口頭的反覆練習，達到說得出口的目的。

一、本教材爲達到上述目的，練習部分多於課文句型部分，寓教學於練習，千萬別流於形式；也不要讓學習者因感枯燥而「不動口」。

一、會話教育重點在勤於開口；學會話而不敢開口、不願開口、不想開口的話，甭想會有好結果；教學者的任務無非是研究如何才能讓學習者敢開口、願意開口、想開口了。

一、本教材可供日文系第一年「日語會話」教學之用。如選來當第二外語的日練或會話教材時，練習部分必須減半；至於如何運用端視教學者而定。總之希望學習者依本教材達到會說日語的目的便是。

一、會話教育上，希望不要過份地詳解文法；以免學習者光懂句子的文法作用而不懂如何開口。對學習者要求的文法分析，應該在「日本語讀本」的課程上求得解釋才宜。

一、本教材爲能讓學習者課餘自修，配有錄音帶，希望能獲得多聽、多講的機會。

一九八一年十月一日

蔡茂豐
於東吳大學日文系

改訂版序

這本句型會話是配合日本語讀本第一册寫成的。目的在於加强會話的學習効果。本來讀本與會話在教學方法上、順序上都有所不同。會話能達到說得出來的程度，除了敢講以外，總得要有能講的內容。具體地說，一定要先有很多的語彙記在腦海裏，然後才依機械性的方式加以反覆練習。

這裡所謂的機械性反覆練習便是「句型會話」所提供的方法。各位都有學習英文的經驗才對。英語九百句型是風行一時的英語學習方法。在此不必贅言，諒各位都能了解才對。也就是目前根據語言學習法，當以「句型反覆練習」爲捷徑。

日語到今天還沒有所謂九百句型。也則尚未整理出日語的所有句型。不過，該學習哪些基本句型倒是諸書所見略同。筆者也不敢說這本句型會話包羅了所有日語句型，但起碼可以說，只要各位能運用本書句型來學習日語會話一定收穫很大。

剛才提過，讀本的重點在學會日語句子的構造、品詞的用法、功能等。然後才將所學的語彙運用在句型會話上，那才能事半功倍。

這次爲了配合日本語讀本改訂，本書也重新改訂，相信更能適合各位使用才對。

在此再三感謝各位採用本書爲學習日語的教材，並祝學習成功

一九八二年十月卅日

蔡茂豐
於東吳大學日本文化研究所

五十音圖

段＼行	ア行	カ行	サ行	タ行	ナ行
ア段	ア あ a	カ か ka	サ さ sa	タ た ta	ナ な na
イ段	イ い i	キ き ki	シ し shi	チ ち chi	ニ に ni
ウ段	ウ う u	ク く ku	ス す su	ツ つ tsu	ヌ ぬ nu
エ段	エ え e	ケ け ke	セ せ se	テ て te	ネ ね ne
オ段	オ お o	コ こ ko	ソ そ so	ト と to	ノ の no

段＼行	ハ行	マ行	ヤ行	ラ行	ワ行
ア段	ハ は ha	マ ま ma	ヤ や ya	ラ ら ra	ワ わ wa
イ段	ヒ ひ hi	ミ み mi	イ い i	リ り ri	ヰ ゐ i
ウ段	フ ふ fu	ム む mu	ユ ゆ yu	ル る ru	ウ う u
エ段	ヘ へ he	メ め me	エ え e	レ れ re	ヱ ゑ e
オ段	ホ ほ ho	モ も mo	ヨ よ yo	ロ ろ ro	ヲ を o

※ワ行的ゐ・ゑ兩音現在都寫成い・え。

第一課　清音(一)

[2] あつい

[2] いし

[2] うま

[1] えき

[3] おおきい

[0] かるい

[2] きく

[2] くろい

[1] けさ

[1] こい

[2] さむい

[2] しろい

[1] すし

△炎熱的。

△石頭。

△馬。

△車站。

△大的。

△輕的。

△菊花。

△黑的。

△今晨。

△鯉魚。

△冷的。

△白的。

△壽司。

[3] せんせい　△老師。
[0] それ　△那個。
[2] たかい　△貴的。
[3] ちいさい　△小的。
[4] ついしけん　△補考。
[2] てにもつ　△隨身行李。
[2] とし　△年齡。
[0] なまえ　△名字。
[0] にし　△西邊。
[3] ぬかあめ　△毛毛雨。
[0] ねむい　△好睏地。
[2] のり　△漿糊。

【練習】

一、「です」をつけて言って下さい。

例　いし　→いしです。

(1)いし（石）　(2)のり（糊）　(3)うま（馬）　(4)えき（駅）　(5)きく（菊）

(6)すし（寿司）　(7)うみ（海）　(8)こい（鯉）　(9)それ　(10)にし（西）

二、「ですね」をつけて言って下さい。

(1)あつい　(2)さむい　(3)たかい　(4)やすい　(5)ちいさい

(6)おおきい　(7)おもい　(8)かるい　(9)くろい　(10)しろい

三、アクセントをつけてから読んで下さい。

□うみ　□えき　□おもい　□きく　□けさ

□こい　□すし　□とし　□なまえ　□ぬかあめ

□ついしけん　□せんせい　□てにもつ　□のり　□にし

第二課　清音(二)

[2]はし　[0]ひと　[1]ふね　[2]へや　[0]ほし　[1]まえ　[1]みかん　[0]むかし　[0]めいし　[1]もうふ　[1]やね　[2]ゆき　[1]よい

[1]はは　[1]ひ　[1]ふうふ　[2]へた　[1]ほん　[2]まち　[0]みなと　[2]むら　[1]メンツ　[0]もち　[2]やま　[0]ゆり　[0]よきん

△橋。　母親。
△人。　火。
△船。　夫婦。
△房間。　笨拙。
△星星。　書。
△前面。　市鎮。
△橘子。　港口。
△從前。　村莊。
△名片。　面子。
△氈子。　糕點。
△屋頂。　山。
△雪。　百合花。
△好的。　存款。

[0]らいねん　△明年。

[0]りそく　△利息。

[1]るす　△不在。

[0]れいきん　△禮金。

[0]ろくおん　△錄音。

[0]わたし　△我。

[2]わかい　年輕的。

【練習】

一、「です」をつけて言って下さい。　例：はし　↓はしです。

(1)はは　(2)よきん　(3)へや　(4)ひ　(5)めいし

(6)ほん　(7)まゆ　(8)ひと　(9)へや　(10)まち

二、「ですね」をつけて言って下さい。

(1)るす　(2)むら　(3)ゆき　(4)よい　(5)わかい

(6)へた　(7)ゆり　(8)めいし　(9)もち　(10)もうふ

三、「ですか」をつけて言って下さい。

(1)ふうふ　(2)みかん　(3)ろくおん　(4)まえ　(5)ほん

(6)らいねん　(7)わたし　(8)ふとん　(9)むかし　(10)りそく

四、「……が見えます」の形でいって下さい。　例　はし　→はしがみえます。

(1)ひと　(2)ふね　(3)ひ　(4)ほし　(5)みなと

(6)まち　(7)やま　(8)やね　(9)みち　(10)むら

第三課　濁音・半濁音

[0] がくせい
[1] ぎむ
[0] ぐんじん
[0] げか
[1] ごはん
[1] ざいさん
[0] じかん
[0] ずつう
[0] ぜいきん
[0] ぞうしょ
[1] バス
[1] ビデオ
[0] ぶた

[0] がいこく
[1] ぎんか
[1] ぐんたい
[1] げんき
[0] ごほん
[0] ざつおん
[3] じびき
[1] ずのう
[1] ぜんこく
[0] ぞうせん
[1] バナナ
[1] びじん
[1] ぶたい

△學生。　外國。
△義務。　銀幣。
△軍人。　軍隊。
△外科。　精神。
△飯。　五支。
△財產。　雜音。
△時間。　字典。
△頭痛。　頭腦。
△稅金。　全國。
△藏書。　造船。
△公共汽車。　香蕉。
△錄影機。　美人。
△豬。　部隊。

1 べんり	1 ベルト	△方便。腰帯。
0 ぼいん	0 ぼく	△母音。我。
1 パン	1 パリ	△麵包。巴黎。
1 ピンク	1 ピンポン	△粉紅。乒乓。
1 プラス	1 プラン	△加上、有益。計劃。
1 ぺけ	1 ぺらぺら	△打叉。流利貌。
1 ポスト	1 ポリス	△郵筒。警察。

【練習】

一、「AですかBですか」の形で言って下さい。

(1)がくせい・せんせい　(2)ぎむ・けんり（権利）　(3)ぎんか・どうか（銅貨）

(4)げか・ないか（内科）　(5)バナナ・なし（梨）　(6)バス・タクシー（taxi）

(7)べんり・ふべん（不便）　(8)ぼいん・しおん（子音）　(9)ごはん・パン

二、「ですか」をつけて言って下さい。

(1)げんき
(2)びじん
(3)ぺらぺら
(4)ぜんこく
(5)バナナ

(6)バス
(7)じびき
(8)ぐんじん
(9)ざいさん
(10)ぼく

(11)ぺけ
(12)ビデオ
(13)がいこく
(14)ポスト
(15)ポリス

第四課　あいさつ

おはよう　ございます。
こんにちは。
こんばんは。
さようなら。
おやすみなさい。
おげんきですか。

おはよう　ございます。
こんにちは。
こんばんは。
さようなら。
おやすみなさい。
おかげさまで、　げんきです。

【補充】

しゃちょうさん
ぶちょうさん
かちょうさん
おじさん
おばさん

【練習】

一、

せんせい
みなさん
やまださん
リンさん
はなこさん
たろうくん

おはよう　ございます。
こんにちは。
こんばんは。
さようなら。

おじいさん
おばあさん
おとうさん
おかあさん
おにいさん
おねえさん

おやすみなさい。

二、適切に答えて下さい。

おはよう　ございます　↓

こんにちは　↓

こんばんは　↓

さようなら　↓

おやすみなさい　↓

お元気ですか　↓

三、a、「おはようございます」b、「こんにちは」c、「こんばんは」をつけて言って下さい。

例：せんせい　↓a、せんせい　おはよう　ございます。b、せんせい　こんにちは。

c、せんせい　こんばんは。

(1)リンさん　(2)小林《こばやし》さん　(3)おじさん　(4)おばさん　(5)山田さん

四、「おやすみなさい」をつけて言って下さい。

(1)おとうさん　(2)おかあさん　(3)おじいさん　(4)おばあさん　(5)おにいさん

(6)おねえさん　(7)吉子《よしこ》さん　(8)太郎《たろう》さん　(9)次郎《じろう》さん　(10)三郎《さぶろう》さん

第五課　促音

[0] いっぱい
[1] カット
[0] けっこん
[0] ざっし
[1] セット
[1] チップ
[3] なっとう
[1] ネット
[4] はっぴゃく
[1] ベッド
[3] むっつ
[3] よっつ

[0] おっと
[0] がっこう
[0] こっき
[3] すっぱい
[1] ソックス
[0] てっぽう
[3] にっぽん
[1] のっぽ
[1] ヒット
[1] ボックス
[3] やっつ
[0] らっぱ

△滿滿地。　丈夫。
△剪掉。　學校。
△結婚。　國旗。
△雜誌。　酸的。
△套。　襪子。
△小費。　步槍。
△納豆。　日本。
△網、淨重。個子瘦高的人。
△八百。　暢銷。
△床。　箱子。
△六個。　八個。
△四個。　喇叭。

【練習】

一、「ではありません」をつけて言って下さい。

(1)がっこう　(2)ざっし　(3)ソックス　(4)にっぽん　(5)らっぱ

(6)セット　(7)なっとう　(8)チップ　(9)のっぽ　(10)ネット

二、「AですかBですか」の形で言って下さい。

(1)にっぽん・ちゅうごく（中国）　(2)ざっし・しんぶん（新聞）

(3)よっつ・いつつ　(4)すっぱい・あまい（甘い）

(5)おっと・つま（妻）　(6)ベッド・たたみ

(7)てっぽう・ピストル（pistol）　(8)らっぱ・ふえ（笛）

第六課　長音

[0]えいが

[1]けいざい

[0]せいかつ

[3]ていきけん

[0]へいわ

[1]めいじ

[0]れいぼう

[0]おおさか

[5]こうしゅうでんわ

[3]ぞうじるし

[0]とうきょう

[0]のうみん

[0]ぼうし

△電影。

△經濟。

△生活。

△月票。

△和平。

△明治。

△冷氣。

△大阪。

△公共電話。

△象印（商標名）。

△東京。

△農民。

△帽子。

◎もうしこみ

◎ようふく

◎ろうか

【練習】

一、

洋服	を	買(か)い	ました。
帽子			
毛布			
定期券			
平和	に	なり	
兵《へい》隊《たい》			
大人《おとな》			
農民			

△申請。

△西裝。

△走廊。

△洋服を買いました：買了西裝。女人的洋裝叫「ようそう」。

△平和になりました：和平了。

△兵隊になりました：當了兵。

△大人になりました：長大成人。

△農民になりました：當農夫。

二、「ですか」をつけて言って下さい。

(1)公衆電話　(2)帽子　(3)洋服

(4)幼稚園《ようちえん》　(5)廊下　(6)大屋《おおや》さん

(7)定期券　(8)象印　(9)名刺《めいし》

(10)明治

三、「Aに行きました」の形でいって下さい。

(1)映画　(2)大阪　(3)東京　(4)幼稚園　(5)公園《こうえん》

△大屋さん：房東。

△名刺：名片。

第七課 拗音

[0]きゃくま
[0]ぎゃくたい
[0]はんぎゃく
[1]しゃいん
[1]ジャズ
[1]チャーハン
[3]こんにゃく
[2]ひゃくにん
[1]さんびゃく
[4]はっぴゃく
[2]みゃく
[0]りゃくず

[0]きゅうがく
[0]ぎゅうにく
[0]にゅうぎゅう
[0]しゅうかん
[3]じゅうりょう
[1]ちゅうい
[1]ニュース
[1]ヒューズ
[0]ごびゅう
[1]ピューリタン
[1]ミュージカル
[0]りゅうがく

[0]きょういく
[0]ぎょうざ
[1]じぎょう
[0]しょうかい
[0]じょせい
[1]ちょうなん
[1]にょうぼう
[0]だいひょう
[0]びょうき
[0]はっぴょう
[1]みょうばん
[3]ざいりょう

△客廳。　休學。　教育。
△虐待。　牛肉。　餃子。
△反逆。　乳牛。　事業。
△職員。　習慣。　介紹。
△爵士。　重量。　女性。
△炒飯。　注意。　長男。
△蒟蒻。　消息。　太太。
△一百人。保險絲。代表。
△三百。　誤謬。　生病。
△八百。　清教徒。發表。
△脈。　音樂的。明晩。
△略圖。　留學。　材料。

【練習】

一、「ですか」をつけて言って下さい。

(1)みょうばん　(2)ひゃくにん　(3)りゃくず　(4)だいひょう　(5)びょうき

二、「ですね」をつけて言って下さい。

(1)ぎゅうにく　(2)にゅうぎゅう　(3)しゃいん　(4)じょせい　(5)ピューリタン

三、アクセントを入れてから読んで下さい。

□きゃくま　□ぎゃくたい　□ジャズ　□きゅうがく　□りゅうがく

□ざいりょう　□じぎょう　□きょういく

四、「AですかBですか」の形でいって下さい。

(1)三百・八百　(2)長男・次男（じなん）　(3)ぎょうざ・チャーハン（炒飯）

(4)ジャズ・クラシック（classic）(5)女性・男性（だんせい）　(6)今晩（こんばん）・明晩

第八課　はい・いいえ

わたしは　ちゅうごくじんです。

わたしは　がくせいです。

あなたは　ちゅうごくじんですか。

はい、そうです。

あのかたは　にほんじんですか。

いいえ、そう〔では／じゃ〕ありません。

我是中國人。

我是學生。

你是中國人嗎？

是、是的。

那位是日本人嗎？

不、不是。

【補充】

にほんごの　せんせい

よみかたの　せんせい

かいわの　せんせい

ぶんぽうの　せんせい

あなた
あのかた
＿＿＿＿ は ＿＿＿＿

ちゅうごくじん
にほんじん
マレーシアじん
せんせい
がくせい
じむいん
＿＿＿＿ ですか。

はい、＿＿＿＿ そうです。

（わたし
あのかた
＿＿＿＿ は）

ちゅうごくじん
マレーシアじん
がくせい
せんせい
リー（さん）
＿＿＿＿ です。

そう｛では／じゃ｝ありません。

いいえ、＿＿｛わたし／あのかた｝＿＿は）＿＿｛ちゅうごくじん／マレーシアじん／がくせい／せんせい／リーさん｝＿＿｛では／じゃ｝ありません。

【練習】

一、「Ａですか」の形で言って下さい。

例文　アメリカ人　↓アメリカ人ですか。

(1)日本人　(2)中国人　(3)韓国人《かんこくじん》　(4)大学院生《だいがくいんせい》

(5)スイス人　(6)フランス人　(7)タイピスト　(8)事務員

(9)研究生《けんきゅうせい》　(10)留学生《りゅうがくせい》

二、「Aじゃありません」の形で言って下さい。

(1)日本人　(2)中国人　(3)フィリッピン人　(4)イギリス人

(5)イタリア人　(6)日本語の先生　(7)会話の先生　(8)文法の先生

(9)中村さん　(10)田中さん

三、「AはBですか」の形で言って下さい。

例文　あなた・日本人　↓あなたは日本人ですか。

(1)あなた・中国人　(2)あの方・日本人　(3)中村さん・学生

(4)タワットさん・タイ国人　(5)リンさん・シンガポール人

四、「はい、Aです」の形で言って下さい。

(1)学生　(2)大学院生　(3)留学生　(4)研究生

(5)事務員

五、「いいえ、Aではありません」の形で言って下さい。

(1)学生　(2)先生　(3)タイピスト　(4)日本人

(5)中国人　(6)外国人《がいこくじん》

六、「はい、そうです」の形で答えて下さい。

(1)あなたは中国人ですか。　(2)中村さんはタイピストですか。

(3)あの方は先生ですか。　(4)山田さんは会話の先生ですか。

七、「いいえ、そうじゃありません」の形で答えて下さい。

(1)あなたは中国人ですか。　(2)あなたは留学生ですか。

(3)あなたはタイピストですか。　(4)あなたは事務員ですか。

(5)あなたはマレーシア人ですか。

八、「わたしはAです」の形で言って下さい。

(1)留学生　(2)大学院生　(3)タイピスト　(4)事務員

(5)シンガポール人

九、「わたしはＡではありません」の形で言って下さい。

(1)留学生
(2)大学院生
(3)高校生
(4)中学生
(5)タイピスト
(6)事務員
(7)韓国人
(8)日本語の先生
(9)文法の先生
(10)会話の先生

第九課　こそあど㈠

これは　ほんです。
それは　えんぴつです。
あれは　ふでです。

これは　なんですか。
　これは　でんしけいさんきです。
これは　あなたのですか。
はい、　そうです。
それも　あなたのですか。
いいえ、それは　わたしのでは　ありません。
それでは、それは　だれのですか。
それは　リーさんのです。

這是書。
那是鉛筆。
那是毛筆。

這是什麼呢？
這是電子計算機。
這是你的嗎？
是的。
那也是你的嗎？
不！那不是我的。
那麼，那是誰的呢？
那是李同學的。

ここは　じむしつです。
そこは　しょくどうです。
あそこは　トイレです。

ここに　としょかんが　あります。
そこに　ゆうびんきょくが　あります。
あそこに　ぎんこうが　あります。

ぎんこうは　どこですか。
　　あそこです。
ぎんこうは　どこに　ありますか。
　　あそこに　あります。

這裡是辦公室。
那裡是餐廳。
那裡是洗手間。

這兒有圖書館。
那兒有郵局。
那兒有銀行。

銀行是哪兒？
是那兒。
銀行是在哪裡？
在那裡。

これ それ あれ	は / も	にほん にほんご えいご フランスご	の	しんぶん テキスト ざっし しゅうかんし	です〔か〕。 〔では／じゃ〕ありません。

これ それ あれ	は	このかた さとうさん わたしたち あなた あなたがた	の		です〔か〕。 〔では／じゃ〕ありません。
		どなた だれ			ですか。

ここ そこ あそこ	は	としょかん デパート テニス・コート プール スーパーマーケット くだものや	です〔か〕。 〔では／じゃ〕ありません。
		どこ	ですか。

ここ そこ あそこ どこ	に	だいがく こうこう ちゅうがく（こう） しょうがっこう ほんや えいがかん レストラン	が	あります〔か〕。

あなた	の	ボール	は	これ	ですか。
リンさん		ラケット		それ	
さとうさん		ピンポン		あれ	
なかむらさん		くつ		どれ	
せんせい		ほん			
		ノート			
		じてん			
		つくえ			
		ロッカー			

【練習】

一、「Aはあなたのですか」の形で言って下さい。

例　これ　→これはあなたのですか。

(1)それ　(2)あれ　(3)この本　(4)その本

(5)この鉛筆　(6)その傘《かさ》　(7)電子計算機　(8)筆

二、「AはBのです」の形で言って下さい。

例：筆・わたし　↓筆はわたしのです。

(1)本・わたし　(2)この筆・小西《こにし》さん　(3)ボールペン・先生

(4)テープレコーダー・山本さん

三、「Aはどこにありますか」の形で言って下さい。

(1)事務室　(2)食堂　(3)博物館《はくぶつかん》　(4)トイレ

(5)図書館　(6)郵便局　(7)銀行　(8)寮

(9)駅　(10)白墨

四、「Aはそこにあります」の形で言って下さい。

(1)新聞　(2)週刊誌　(3)先生の本　(4)字引

(5)テレビ　(6)公園　(7)ジャム　(8)ヒューズ

(9)弁当《べんとう》　(10)池

第十課　こそあど(二)

こちらが　ひがしです。
そちらが　にしです。
あちらが　みなみです。
どちらが　きたですか。

ひがしは　こちらです。
にしは　そちらです。
みなみは　あちらです。
きたは　どちらですか。

こんな　しょうせつは　つまらないですね。
そんな　ことは　ありません。
あんな　ひとは　きらいです。

這邊是東邊。
那邊是西邊。
那邊是南邊。
哪兒是北邊？

這樣的小說無聊嘛。
沒的事。
那樣的人我不喜歡。

どんな　いろが　すきですか。

はじめて　おめに　かかります。どうぞ　よろしく。

はじめまして。よろしく　おねがい　いたします。

こちら そちら あちら どちら	が	ひがし にし みなみ きた	です。
		陽明山《ヤンミンサン》 改札口《かいさつぐち》	ですか。

你喜歡什麼樣的顏色呢？

幸會，幸會。請指教。

幸會。請多指教。

改札口：剪票口。

ひがし にし みなみ きた タイペー 入《いり》口《ぐち》 出《で》口《ぐち》	は	こちら そちら あちら	です。
		どちら	ですか。

こちら	は	鈴木《すずき》さん 佐藤《さとう》さん 中村《なかむら》さん ちち はは あに あね	です。

どちら

が

おにいさん
おねえさん
田中《たなか》さん
中田《なかだ》さん
山田《やまだ》さん
田村《たむら》さん

ですか。

こちら
そちら
あちら
どちら

に ／ が

します〔か〕。

一山《ひとやま》
一《いち》キロ
百《ひゃく》グラム

百《ひゃく》円《えん》
五百円《ごひゃくえん》
千《せん》円《えん》

好《す》き
嫌《きら》い

です〔か〕。

點線的部分表示可省略。例如：
こちらが一山百円です（か）。
可有如次說法：
こちらが百円ですか。
こちらが百円です。
こちらが一山百円ですか。
こちらが一山百円です。
こちらが一山百円。
こちらが百円。
其餘如此類推。

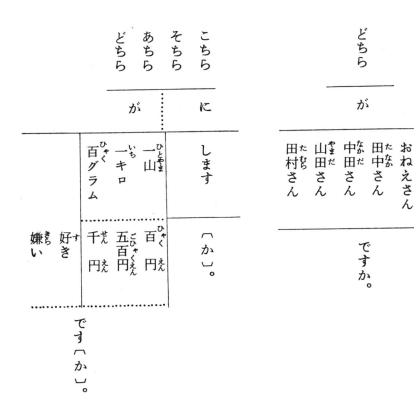

こんな そんな あんな どんな	こと（事） ひと（人） かた（方） いろ（色） いえ（家） たてもの（建物）	では｛ありません。 じゃ｛ありません。 です［か］。

こんな そんな あんな どんな	に	ひろい せまい おおきい ちいさい いい わるい たかい やすい つまらない すばらしい	です［か］。

建物：建築物。

ひろい：寬的。

せまい：窄的。

つまらない：無聊的。

すばらしい：了不得的。

【練習】

一、「Aを見て下さい」の形で言って下さい。

(1)本　(2)そちら　(3)東　(4)西

(5)こちら　(6)南　(7)北　(8)あちら

(9)あの山　(10)その川《かわ》

二、「こちらはAでそちらはBです」の形で言って下さい。

(1)加藤《かとう》さん・鈴木さん　(2)父・母　(3)兄・姉

(4)弟・妹　(5)陽明山・淡水　(6)東・西

(7)入口・出口　(8)五百円・三百円

三、「Aの近くで」の形でいって下さい。

(1)公園　(2)学校　(3)郵便局　(4)駅

(5)銀行

四、「どちらがAですか」の形で言って下さい。

(1)好き　(2)きらい　(3)大きい　(4)小さい

(5)ひろい　(6)せまい　(7)南　(8)北

(9)お兄さん　(10)お姉さん

第十一課　こそあど㈢

このほんは　たかいです。
あのざっしは　やすいです。
このほんは　たかく　ありません。
このほんは　たかく　ないです。
あのざっしは　やすく　ありません。
あのざっしは　やすく　ないです。

このじびきは　わたしのです。
そのノートは　むらかみさんのです。
このじびきは　わたしのでは　ありません。
このじびきは　わたしのでは　ないです。
そのノートは　むらかみさんのでは　ありません。
そのノートは　むらかみさんのでは　ないんです。

△高い：有貴，高的意思。當然在這裡是貴的意思。
△高くありません＝高くないです。上者只表示不貴，下者加上了說話者的斷定。
△わたしではありません是「不是我」。わたしのではありません是「不是我的」，兩者全然不同，小心區別。
△ないんです的「ん」加强語氣。

わたしは　こう　おもいます。
わたしは　そう　おもいません。
あなたは　どう　おもいますか。

この その あの	ほん じびき しょうせつ えいが ノート ざっし	は	たかい やすい おもしろい つまらない わたし むらかみさん　の	です。

我這樣想。
我不那樣想。
你怎麼想？

△「このノートはわたしです」沒有這種日語。不通。「このノートは私のです」才通。意思是「這本筆記是我的」。小心。

この その あの	ほん じびき ―― しょうせつ えいが ―― ノート ざっし	は	たかく やすく ―― おもしろく つまらなく ―― わたし むらかみさん の	ありません。 ないです。 ―― ではありません。 ではないです。

どの	ほん じびき ―― しょうせつ えいが ―― ノート ざっし	が	たかい やすい ―― おもしろい つまらない ―― わたし むらかみさん の	ですか。

この
その
あの

ほん
じびき
しょうせつ
えいが
ノート
ざっし

が

たかい
やすい
おもしろい
つまらない
/
あなた
むらかみさん
の

です。

この
その
あの

しょうせつ
えいが
/
じびき
しょうせつ
ノート
ざっし

は

おもしろい
つまらない
/
たかい
やすい
わたし
むらかみさん
の
だれ

ですか。

はい、

おもしろい
つまらない
たかい
やすい
わたし
むらかみさん

の

です。

いいえ、

おもしろく
つまらなく
たかく
やすく

ありません。
ないです。

わたし
むらかみさん

の

では

ありません。
ないです。

あなた			は	こう	おもい
きむらさん				そう	し
あなた	の	ともだち	も	どう	いい
きむらさん					かき
					ますか。

この	かた	は	わたし	の	せんぱい	です。
その	ひと				せんせい	
あの					しゃちょう	
					こうはい	
					おしえご	
					ともだち	

します：做。

いいます：說。

かきます：寫。

せんぱい：學長。

しゃちょう：社長。

こうはい：學弟、學妹。

おしえご：學生。

第十二課　時　間 (一)

がっこうは　なんがつに　はじまりますか。
がっこうは　くがつに　はじまります。
がっこうが　はじまるのは　なんがつですか。
がっこうが　はじまるのは　くがつです。

タイワンで　いちばん　さむいのは　なんがつですか。
タイワンで　いちばん　さむいのは　いちがつです。

この　こうじは　なんかげつかん　かかりましたか。
きゅうかげつかん　かかりました。

いま　なんじですか。
はちじです。

學校幾月開學？
學校在九月開學。
開學在幾月？
開學在九月。

臺灣最冷是幾月？
臺灣最冷是一月。

這個工程花了幾個月？
花了九個月。

現在幾點？
是八點。

あなたは　まいあさ　なんじに　おきますか。
たいてい　ろくじごろ　おきます。
まいしゅう　なんじかん　にほんごを　べんきょうしますか。
まいしゅう　じゅうじかん　にほんごを　べんきょうします。

你每天早晨幾點起床？
通常六點左右起床。
每週學幾小時日語？
每週念十小時日語。

しき みせ がっこう かいぎ ぎんこう こうじ けんきゅう ちょうさ	が	はじまる おわる	のは	なんじ（ごろ） くじ（ごろ） ごご　よじ（ごろ） ごご　さんじはん	です（か）。
				いつ くがつ	です（か）。

タイワン	で	いちばん	あたたかい	のは	なんがつですか。
にほん			あつい		ごがつ
かんこく			すずしい		しちがつ
インド			さむい		じゅうがつ
					いちがつ
					です。

この	こうじ	は	なんねんかん	かかりました（か）。
その	しごと		なんかげつ	
あの	ちょうさ		なんしゅうかん	
	けんきゅう		はんねんかん	
	ろんぶん		よんかげつ	
			さんしゅうかん	

いま		なんですか。	
	ちょうど	いちじ	です。
		いちじじゅうごふん	
		にじはん	
		さんじごふん	
		よじじゅっぷんまえ	
		ごじごふんすぎ	

あなた	は	まいあさ	なんじ（ごろ）	に	おきます（か）。
いしださん		まいにち	ろくじ（ごろ）		ねます（か）。
はやしさん		まいばん	じゅういちじ（ごろ）		
スブロトさん					

まいとし　なんかげつ　にほんに　たいざいしますか。
さんかげつ　ぐらい　たいざいします。
まいつき　なんしゅうかん　タイペーに　いきますか。
さんしゅうかん　タイペーに　いきます。
しゅうに　なんかい　じゅぎょうが　ありますか。
しゅうに　さんかい　あります。
いちにちに　なんじかん　しごとを　しますか。
はちじかん　しごとを　します。

【練習】

一、一月から十二月まで数《かぞ》えて下さい。
二、一か月から十か月まで数えて下さい。
三、例のように言い換えて下さい。
例　　↓(1)式が始まるのは　何時（ごろ）ですか。
(2)何時（ごろ）に式が　始まりますか。

(3)式は何時（ごろ）に　始まりますか。

①店　②学校　③しごと　④銀行　⑤会議

四、例のように言い換えて下さい。

例　日本へ　行く

↓(1)日本へ　行くのは　いつですか。

(2)いつ　日本へ　行きますか。

①もどって　来《く》る　②帰《かえ》って　来る　③工事が　完成《かんせい》する

④一番　寒《さむ》い　⑤一番　暑《あつ》い

五、一時から二十四時まで数えて下さい。

一　時……十《じゅう》二《に》時《じ》　十《じゅう》三《さん》時《じ》　十《じゅう》四《よ》時《じ》　十《じゅう》五《ご》時《じ》　十《じゅう》六《ろく》時《じ》　十《じゅう》七《しち》時《じ》

十《じゅう》八《はち》時《じ》　十《じゅう》九《く》時《じ》　二《に》十《じゅう》時《じ》　二十一時《にじゅういちじ》　二十二時《にじゅうにじ》　二十三時《にじゅうさんじ》　二十四時《にじゅうよじ》

六、一時間から二十四時間まで数えて下さい。

七、五分ごとに数えて下さい。

五分《ごふん》・十分《じっぷん》……六十分《ろくじっぷん》。

八、

先生

わたし　＿＿＿の＿＿＿時計＿＿＿は

学校

あって　います。

とまって　います。

進《すす》んで　います。

遅《おく》れて　います。

お昼《ひる》の＿時報《じほう》に＿合《あ》わせて　います。

第十三課　時　間(一)

あなたは　いつから　にほんごの　べんきょうを　はじめましたか。

わたしは　きょねんの　くがつから　はじめました。

あなたは　にほんで　なんねんかん　べんきょうする　つもりですか。

わたしは　にほんで　いちねんかん　べんきょうする　つもりです。

あなたは　にほんに　どれほど　たいざいしましたか。

わたしは　にほんに　ひとつきほど　たいざいしました。

きょうは　なにようびですか。

你什麼時候開始學日語的呢？

我是去年的七月開始的。

你在日本打算念幾年書？

我打算念一年書。

你在日本逗留多久了？

我在日本逗留了一個月左右。

今天禮拜幾？

きょうは　かようびです。
きのうは　なたようびでしたか。
きのうは　げつようびでした。
なつやすみは　いつから　はじまりますか。
なつやすみは　しちがつじゅうごにちから　はじまります。
にほんごの　べんきょうは　しゅうに　なんかいですか。
にほんごの　べんきょうは　しゅうに　さんかいです。
かんこくご・ロシヤご・ギリシャご・アラビアご・ちゅうごくご・ビルマご・フィリッピンご・ラテンご・ポルトガルご・エスペラントご・でんき・コンピューター・けんちく・ぶんがく・れきし・すうがく・ぶつり・きょういくがく・いがく・しんりがく・

今天是禮拜二。
昨天是禮拜幾？
昨天是禮拜一。
暑假什麼時候開始？
暑假從七月十五日開始。
日語課一星期幾次？
日語課一星期三次。

△ロシヤご：俄語。ギリシャ：希臘。アラビア：阿拉伯。ビルマ：緬甸。フィリッピン：菲律賓。ラテン：拉丁。ポルトガル：葡萄牙。エスペラントご：世界語。コンピュータ

しゃかいがく・ほうがく

あなた わたし あのかた たなかさん	は	いつ きょねん おととし せんげつ さんがつ せんしゅう	から	にほんご えいご フランスご ドイツご スペインご	の	べんきょう	を	はじめました「か」。 やめました「か」。

あなた わたし あのかた おおいしさん さいとうさん	は	とうきょう ホンコン シンガポール ニューヨーク ロンドン パリ	で に	なんねんかん なんかげつ なんしゅうかん なんにち いちねんかん はつかかん	べんきょう しごと（を） りょこう たいざい	します（か）。 する　つもりです（か）。 しました（か）。

——：電腦。

さきおととい おととい きのう きょう あした あさって しあさって	は	なにようび げつようび かようび すいようび もくようび きんようび どようび	でした（か）。 です（か）。

さきおととし おととし きょねん	は	アメリカ ヨーロッパ カナダ みなみアメリカ アフリカ	へ	いきました（か）。
ことし らいねん さらいねん	に	おおさか よこはま ほっかいどう しこく きゅうしゅう		いく　つもりです（か）。

なつやすみ ふゆやすみ りょこう ちゅうかんテスト しゅうちゅうこうぎ	は	しちがつ こんしゅう らいしゅう もくようび いつ	から に	はじまり おわり	ます（か）。 ました（か）。

クラブかつどう にほんご りゅうがくしけん あかちゃん	の	がっしゅく しけん もぎテスト ミルク	は	ねん つき しゅう いちにち	に	なんかい いっかい	です（か）。

【練習】

一、問いに答えて下さい。

(1) 一年は何か月ですか。　(2) 一年は何日ですか。

(3) 一か月は何日ですか。　(4) 一週間は何日ですか。

(5)一日は何時間ですか。　(6)一時間は何分ですか。

(7)一分は何秒ですか。

二、「AかBの予定です」の形で言って下さい。

(1)一年・二年　(2)三か月・四か月　(3)二週間・三週間

(4)三日《みっか》・四日《よっか》　(5)四《よ》時間・五時間

三、「つもりです」を下につけた形で言って下さい。

(1)行く　(2)書く　(3)やる　(4)参加する

(5)始める　(6)登る　(7)見る　(8)帰る

(9)する　(10)会《あ》う

四、「いつ……つもりですか」の形で言って下さい。

例：行く　→いつ行くつもりですか。

(1)帰る　(2)書く　(3)たつ　(4)登る

(5)見る

五、「何を……つもりですか」の形で言って下さい。

(1)やる

(2)書く

(3)勉強する

(4)見る

第十四課　あります

みせに　くつが　あります。
くつしたも　あります。
ストッキングも　あります。
スリッパは　ありません。

じしょ
ねんかん
べんらん
カタログ
メニュー
めいぼ
カレンダー
プログラム

が　も	あります（か）。
は	ありません。

店裡有鞋子。
也有襪子。
也有褲襪。
沒有拖鞋。

じしょ：字典。
ねんかん：年鑑。
べんらん：便覽。
カタログ：商品目錄。
メニュー：菜單。
めいぼ：名册。
カレンダー：月曆。
プログラム：節目。

やさいサラダ
ひやしうどん
はますい
えびフライ
かつどんぶり

と

チキンサラダ
つきみうどん
のりすい
かきフライ
おやこどんぶり

も　が

あります。

つくえのうえに

なにか

のり
えんぴつ
ボールペン
けしゴム
セロテープ
したじき
ものさし
コンパス
さんかくじょうぎ
インキ
がいらいごじてん
アクセントじてん

が　も　は

あります（か）。

ありません。

やさいサラダ：生菜沙拉。
チキンサラダ：鷄肉沙拉。
ひやしうどん：涼麵。
つきみうどん：加了生蛋的麵。
はますい：蛤湯。
のりすい：紫菜湯。
えびフライ：炸蝦。
かきフライ：炸牡蠣。
かつどんぶり：炸豬排飯。
おやこどんぶり：覆蓋上鷄肉和蛋的飯。

けしゴム：橡皮擦。
セロテープ：膠帶。
したじき：墊字板。
ものさし：尺。
コンパス：圓規。
さんかくじょうぎ：三角板。
がいらいごじてん：外來語字典。
アクセントじてん：重音字典。

【練習】

一、「Aがあります」の形で言って下さい。

(1)トマト　(2)お菓子《かし》　(3)花瓶《かびん》　(4)川《かわ》　(5)山《やま》
(6)剃刀《かみそり》　(7)卵《たまご》　(8)たばこ　(9)角《つの》　(10)テント

二、「Aはありません」の形で言って下さい。

(1)縄《なわ》　(2)肉《にく》　(3)鋸《のこぎり》　(4)バケツ　(5)パン
(6)籃《かご》　(7)風《かぜ》　(8)刀《かたな》　(9)ナイフ　(10)カメラ

三、「AとBがあります」の形で言って下さい。

(1)週刊誌《しゅうかんし》・月刊誌《げっかんし》　(2)生命保険《せいめいほけん》・失業保険《しつぎょうほけん》
(3)エレベーター・エスカレーター　(4)喫茶店《きっさてん》・パチンコ屋《や》
(5)レストラン・すし屋《や》　(6)美容院《びよういん》・床屋《とこや》
(7)本屋《ほんや》・文房具屋《ぶんぼうぐや》　(8)カメラ屋《や》・写真屋《しゃしんや》
(9)魚屋《さかなや》・肉屋《にくや》　(10)おもちゃ屋《や》・花屋《はなや》

四、「AもBもあります」の形で言って下さい。

(1) 内科《ないか》・外科《げか》
(2) 眼科《がんか》・歯科《しか》
(3) 整形外科《せいけいげか》・小児科《しょうにか》
(4) アリナミン・チオクタン
(5) 救心《きゅうしん》・中将湯《ちゅうじょうとう》

五、「AにBがあります」の形で言って下さい。

(1) 机の上・腕時計《うでどけい》
(2) 机の下・くずばこ
(3) 門《もん》の前《まえ》・オートバイ
(4) 寝台の上・枕《まくら》
(5) テーブルの上・コップ
(6) 駅《えき》の前《まえ》・銀行《ぎんこう》
(7) 公園《こうえん》の入口《いりぐち》・銅像《どうぞう》
(8) 動物園《どうぶつえん》・池《いけ》
(9) 玄関《げんかん》・靴箱《くつばこ》
(10) 顔《かお》・目《め》

第十五課　います

どうぶつえんに　うしが　います。
うまも　います。
ライオンも　います。
ぞうは　いません。

うちに　ちちが　います。
ははも　います。
あねも　います。
あには　いません。

よしだせんせいは　けんきゅうしつに　います。
がくせいは　としょかんに　います。
おとうさんは　どこに　いますか。

動物園裡有牛。
也有馬。
也有獅子。
沒有象。

家裡爸爸在。
媽媽也在
姊姊也在。
哥哥不在。

吉田老師在研究室。
學生在圖書館。
令尊在那裡？

にわとり
ぶた
あひる
らくだ
ペンギン
ぞう
ひつじ

が／も　います（か）。

は　いません。

おじいさん
おじさん
おとうさん
おにいさん
ちち
あに
おとうと

と／も

おばあさん
おばさん
おかあさん
おねえさん
はは
あね
いもうと

が／も

います（か）。

にわとり：鶏。
ぶた：豬。
あひる：鴨。
らくだ：駱駝。
ペンギン：企鵝。
ぞう：象。
ひつじ：羊。

【練習】

一、「Aがいます」の形でいって下さい。

(1) 先生《せんせい》　(2) 学生《がくせい》　(3) 生徒《せいと》　(4) 赤《あか》ちゃん　(5) おとな

(6) こども　(7) 川上《かわかみ》さん　(8) 山田《やまだ》くん　(9) 吉田先生《よしだせんせい》　(10) 陳《ちん》先生

(11) とら　(12) ライオン　(13) こいぬ（小狗）　(14) おおかみ　(15) うし

(16) 水牛　(17) うま　(18) いのしし（山豬）

二、「AとBがいます」の形で言って下さい。

(1) ねずみ・りす　(2) いぬ・ねこ　(3) くま・きつね　(4) しか・きりん　(5) おうし・めうし

三、「AもBもいます」の形で言って下さい。

(1) としより・若者《わかもの》　(2) おとな・こども　(3) 男《おとこ》・女《おんな》

(4) 中学生《ちゅうがくせい》・高校生《こうこうせい》　(5) 先生《せんせい》・学生　(6) 新郎《しんろう》・新婦《しんぷ》

四、例のように言い換えてください。

例

先生・研究室　→先生は　研究室に　います。

(1)学生・体育館《たいいくかん》　(2)佐藤さん・寮　(3)父・会社

(4)母・台所《だいどころ》（厨房）　(5)弟・部屋

第十六課　時間・助数詞

きょうは　なんにちですか。
　きょうは　ようかです。
おとといは　なんにちでしたか。
　おとといは　むいかでした。

いつ　いかなければ　なりませんか。
　じゅうよっかに　いかなければ　なりません。

にほんへは　いつ　いきますか。
　にほんへ　いくのは　ついたちです。

りんごが　あります。　いくつ　あるか　かぞえて　ください。
ひとつ　ふたつ　みっつ。　みっつ　あります。

今天幾號？
今天八號。
前天是幾號？
前天是六號。

什麼時候不去不行？
十四號不去不行。

日本什麼時候要去？
去日本是一號。

有蘋果。請數一下有多少？
一個、兩個、三個，有三個。

きんぎょは　いっぴき　いくらですか。
こちらは　いっぴき　にひゃくえんです。そちらは　いっぴき
ひゃく　ごじゅうえんです。

きょう あした あさって しあさって	は	なんにちですか。
		ようか ここのか とおか じゅういちにち　です。

きのう おととい さきおととい	は	なんにちでしたか。
せんしゅうの　かようび せんせんしゅうの　どようび		じゅうさんにち とおか　でした。

金魚一條多少錢？
這兒是一條兩百圓。那兒是一條
一百五十圓。

せんしゅう：上個禮拜。
せんせんしゅう：上上個禮拜。

【練習】

一、

わたし	は	字引《じびき》	を	一冊《いっさつ》	五百円《ごひゃくえん》	で	買《か》いました。
兄《あに》		靴下《くつした》		二足《にそく》	千《せん》　円《えん》		
姉《あね》		万年筆《まんねんひつ》		一本《いっぽん》	二千三百円《にせんさんびゃくえん》		
弟《おとうと》		卵《たまご》		一箱《ひとはこ》	二百円《にひゃくえん》		
妹《いもうと》		絵《え》はがき		一組《ひとくみ》	三百五十円《さんびゃくごじゅうえん》		

二、例文のように答えて下さい。

例　りんごは　ひとつ　いくらですか。（五十円）　→りんごはひとつ五十円です。

金魚《きんぎょ》は　一匹《いっぴき》　いくらですか。（百円）　→

便箋《びんせん》は　一冊《いっさつ》　いくらですか。（三百円）　→

レコードは　一枚《いちまい》　いくらですか。（三千円）　→

ボールペンは　一本《いっぽん》　いくらですか。（七十円）　→

三、

りんご	が	あります。	いくつ	あるか	数えて下さい。
本《ほん》			何冊《なんさつ》		
紙《かみ》			何枚《なんまい》		
靴下《くつした》			何足《なんぞく》		
白墨《はくぼく》			何本《なんぼん》		

四、例文のようにセンテンスに直《なお》して下さい

例　りんご・いつつ　→りんごがいつつあります。

本《ほん》・三冊《さんさつ》

白墨《はくぼく》・三本《さんぼん》

便箋《びんせん》・二十枚《にじゅうまい》

金魚《きんぎょ》・六匹《ろっぴき》

靴《くつ》・三足《さんぞく》

プリント・四《よん》ページ

五、数えて下さい。

一日《ついたち》　二日《ふつか》　三日《みっか》　四日《よっか》　五日《いつか》　六日《むいか》　七日《なのか》

八日《ようか》　九日《ここのか》　十日《とおか》　十一日《じゅういちにち》　十二日《じゅうににち》　十三日《じゅうさんにち》　十四日《じゅうよっか》

十五日《じゅうごにち》　十六日《じゅうろくにち》　十七日《じゅうしちにち》　十八日《じゅうはちにち》　十九日《じゅうくにち》　二十日《はつか》　二十一日《にじゅういちにち》

二十二日《にじゅうににち》　二十三日《にじゅうさんにち》　二十四日《にじゅうよっか》　二十五日《にじゅうごにち》　二十六日《にじゅうろくにち》　二十七日《にじゅうしちにち》　二十八日《にじゅうはちにち》

二十九日《にじゅうくにち》　三十日《さんじゅうにち》　三十一日《さんじゅういちにち》

六、

これ	は	一匹《いっぴき》　二百円《にひゃくえん》	で	それ	は	一匹　三百円《さんびゃくえん》	です。
…こちら…		一足《いっそく》　五百円《ごひゃくえん》		…そちら…		一足　六百円《ろっぴゃくえん》	
ここ		一枚《いちまい》　八百円《はっぴゃくえん》		そこ		一枚　千円《せんえん》	
		…図書館《としょかん》				…講堂《こうどう》	
		文学部《ぶんがくぶ》				法学部《ほうがくぶ》	

第十七課　て・てから

わたしは　まいあさ　ろくじに　おきます。　おきると　すぐ

はを　みがいて、　かおを　あらって、　ひげを　そります。

それから、にわに　でて　さんぽを　します。

・それから、へやに　はいって　しんぶんを　よみます。

すこし　たってから　あさごはんを　たべます。

はちじに　うちを　でて　がっこうへ　いきます。

あなたは　うちへ　かえってから　なにを　しますか。

わたしは　うちへ　かえってから　おふろに　はいります。

おふろから　あがってから　すぐ　ばんごはんを　たべますか。

いいえ、すこし　たってから　ばんごはんを　たべます。

我每天早上六點起床。

一起來馬上刷牙、洗臉、刮鬍子。

然後到庭院散步。

然後進入房間看報。

稍等一下之後才吃飯。

我八點離家上學校。

你回家之後做什麼？

我回家之後洗澡。

洗了澡之後立刻吃飯嗎？

不、稍停一下才吃飯。

おきる　→おきて
とめる　→とめて
あわてる　→あわてて
でかける　→でかけて
おりる　→おりて
わすれる　→わすれて
おそれる　→おそれて

かえる　→かえって
たつ　→たって
いく　→いって

かく　→かいて
およぐ　→およいで

起床。
阻止、停住。
慌張。
外出。
下去、下（車）。
忘記。
害怕、恐怕。
回去。
（時間）經過、出發。
去。
書寫。
游泳。

よむ　→よんで　　閱讀。
しぬ　→しんで　　死。
よぶ　→よんで　　叫。

くる　→きて　　來。
する　→して　　做。

【練習】

一、例句　床屋へ行く・頭を刈る　→床屋へ行って頭を刈りました。

(1)頭を洗う・油をつける　→

(2)お金を払う・外へ出る　→

(3)風邪を引く・学校を休む　→

(4)ブレーキをかける・車を止める　→

(5)郵便局へ行く・切手を買う　→

二、例句　雨が降る・道が湿《しめ》る　→雨が降って道が湿りました。

(1)風が吹く・木が倒《たお》れる　→

(2)太陽が出る・道が乾《かわ》く　→

(3)雪《ゆき》が積《つ》もる・家《いえ》が埋《うずも》れる　→

(4)空が曇《くも》る・雨が降る　→

(5)雨が降る・風が吹く　→

三、例句　指が痛い・字が書けない　→指が痛くて字が書けません。

(1)頭が痛い・学校へ行かれない　→

(2)光が強い・目が開けられない　→

(3)成績《せいせき》が悪い・卒業《そつぎょう》できない　→

(4)部屋が狭《せま》い・六人は入《はい》れない　→

(5)値段《ねだん》が高い・到底《とうてい》買えない　→

四、例句　皮をむく・たべる　→皮をむいて食べました。

(1)プールへ行く・泳ぐ　↓

(2)水をくむ・かける　↓

(3)声を出す・叫《さけ》ぶ　↓

(4)頭を下げる・挨拶《あいさつ》する　↓

(5)林君を呼ぶ・来る　↓

五、「AではなくてBです」の形で言って下さい。

(1)動物園《どうぶつえん》・植物園《しょくぶつえん》

(2)新聞・週刊誌

(3)東京・大阪

(4)日本語・中国語

(5)赤・黒

(6)孔子《こうし》・孟子《もうし》

(7)フィクション・ノンフィクション

(8)アヘン戦争《せんそう》・太平洋《たいへいよう》戦争

(9)小児科《しょうにか》・外科《げか》

(10)デパート・スーパーマーケット

六、例文のように言いかえて下さい。

例　新しい・大きい　↓新しくて大きい　↓大きくて新しい。

(1) 古《ふる》い・狭《せま》い　(2) 高い・細《ほそ》い　(3) 低い・弱々《よわよわ》しい

(4) 若《わか》い・うつくしい　(5) 短《みじか》い・小《ちい》さい

七、例　洗《あら》う　↓洗って　↓洗ってから

買《か》う　↓　↓

言《い》う　↓　↓

笑《わら》う　↓　↓

習《なら》う　↓　↓

取《と》る　↓取って　↓

売《う》る　↓　↓

帰《かえ》る　↓　↓

入《はい》る　↓　↓

終《お》わる　↓　↓

ある　↓　↓

乗《の》る　↓　↓

△言う・説。

考《かんが》える	↓考えて	↓考えてから
決《き》める	↓決めて	↓
下《お》りる	↓	↓
掛《か》ける	↓	↓
開《あ》ける	↓	↓
越《こ》える	↓	↓
覚《おぼ》える	↓	↓
忘《わす》れる	↓	↓
できる	↓	↓
晴《は》れる	↓	↓
起《お》きる	↓	↓
来《く》る	↓来《き》て	↓来《き》てから
する	↓して	↓してから

△決める：決定。

△下りる：下。

△掛ける：掛。

△越える：越過。

△覚える：記住。

△できる：會。

△晴れる：放晴。

第十八課　ほど・ばかり・くらい

しばらく　みませんでしたね。

はい、びょうきで　とおかほど　がっこうを　やすみました。

ごせんえんぐらい　かして　くださいませんか。

さんぜんえんしか　ありませんが。

がっこうまで　なんぷん　かかりますか。

バスで　にじっぷんばかり　かかります。

これぐらいの　ほんが　よめなくては　なりません。

この　しょうせつは　よめば　よむほど　おもしろいです。

がっこうから　かえって　きたばかりです。

好久不見了！

是的。因爲生病，十天左右沒來學校。

能不能借給我五千塊左右？

我只有三千多塊。

到學校要花多久？

坐巴士要二十多分。

起碼得看得懂這種程度的書才行。

這本小說越念越有趣。

剛從學校回來而已。

【練習】

一、

一年《いちねん》	ばかり	かかり	ます（か）。
六週間《ろくしゅうかん》	ほど	習《なら》い	ました（か）。
二《に》か月《げつ》	くらい	休《やす》み	
十日《とおか》	（ぐらい）	住《す》み	
一学期《いちがっき》			

二、例のように答えて下さい。

例　玉山はどれぐらいの高さですか。（三千八百メートルぐらい）

三千八百メートルぐらいの高さです。

(1)あなたは毎月《まいつき》いくらぐらいお金《かね》を使《つか》いますか。

（三千元ぐらい）

(2)あなたのうちから会社《かいしゃ》までどのくらい掛《か》かりますか。

（半時間《はんじかん》ぐらい）

(3)これはそれより何倍《なんばい》ほど高《たか》いですか。

（二倍《にばい》ほど）

(4)駅《えき》までどれほどありますかね。

（六百メートルほど）

(5)池《いけ》にどれだけの水《みず》が入《はい》っていますか。

（半分《はんぶん》ばかり）

(6)日本にどれほど滞在《たいざい》しましたか。

（半月《はんつき》ばかり）

三、

これぐらいの	本《ほん》	なら	読《よ》めます。
	仕事《しごと》		できます。
	部屋《へや》		大丈夫《だいじょうぶ》です。
	大《おお》きさ		足《た》ります。
	高《たか》さ		登《のぼ》れます。

読めます：能唸、會唸。

できます：會。

大丈夫です：沒問題。

足ります：夠。

登れます：可以攀登。

四、

読め
歩け
飲め
聞け
食べれ
見れ

ば

読む
歩く
飲む
聞く
食べる
見る

ほど

面白《おもしろ》い。
つかれやすい。
赤《あか》い。
悲《かな》しい。
おいしい。
うつくしい。

五、

降《ふ》る　↓降ったばかりです　↓降ってきたばかりです。
売《う》る　↓売った　↓
買《か》う　↓買った　↓
行《い》く　↓行った　↓
呼《よ》ぶ　↓呼んだ　↓
話《はな》す　↓話した　↓

つかれやすい：容易疲倦。

歩く　↓歩いた　↓

見る　↓見た　↓

叱《しか》る　↓叱った　↓

伝《つた》える　↓伝えた　↓

食べる　↓食べた　↓

届《とど》ける　↓届けた　↓

逃《に》げる　↓逃げた　↓

叱る：叱責。

伝える：傳達。

届ける：送達。

第十九課　から・まで

あなたの　うちから　がっこうまで　なんぷんぐらい　かかりますか。

バスで　にじっぷんぐらい　かかります。

がっこうは　なんじから　なんじまでですか。

ごぜん　はちじから　ごご　ごじまでです。

你家到學校要花幾分左右？

坐巴士要花二十分左右。

學校是幾點到幾點？

從上午八點到下午五點。

タイペー	から	たいちゅう	まで	なんキロ　ありますか。
にじ		ごじ		プールで　およぎました。
さんじ		ごがつ		にほんに　いました。
げつようび		どようび		しゅうちゅうこうぎが　あります。
まいばん　ろくじ		はちじ		テレビを　みます。
せんしゅう		らいしゅう		たいざいする　つもりです。
まいにち　うち		じむしょ		あるいて　いきます。

【練習】

一、「AからBまでです」の形で言って下さい。

(1)二階《にかい》・六階《ろっかい》　(2)三百《さんびゃく》・八百《はっぴゃく》　(3)去年・今年《ことし》

(4)先月・来月　(5)先先週・今週　(6)一昨年《おととし》・来年

(7)二時・三時半　(8)午前中《ごぜんちゅう》・おひる　(9)教室・学生食堂

二、声を出して練習して下さい。

日本 郵便局 銀行	から	帰って　来ました。
学校 事務所 博物館 デパート	まで	行って　来ました。

三、「AはBからです」の形で言って下さい。

(1) 学校・八時
(2) 夏休み・来週
(3) 中間テスト・木曜日
(4) 新学期《しんがっき》・八月
(5) バーゲンセール・今日《きょう》
(6) ニュース報道《ほうどう》・七時半
(7) ハイウェー・基隆《キールン》
(8) 投票《とうひょう》・九時
(9) 銭湯《せんとう》・一時半
(10) 昼《ひる》休み・十二時半

四、「AはBまでです」の形で言って下さい。

(1) テレビ・十二時
(2) 試験・火曜日
(3) 会議・六時
(4) 定員《ていいん》・十名《じゅうめい》
(5) 合宿《がっしゅく》・水曜日
(6) 授業《じゅぎょう》・午後《ごご》三時
(7) 提出期限《ていしゅつきげん》・月末《げつまつ》
(8) 支払《しはら》い・十五日
(9) 展示会《てんじかい》・日曜日《にちようび》
(10) 試合《しあい》・六時

第二十課　ている・てある

てがみを　かいて　いるのは　だれですか。
てがみを　かいて　いるのは　リーさんです。

ラジオを　きいて　いるのは　だれですか。
ラジオを　きいて　いるのは　りんさんです。

リーさんは　なにを　して　いますか。
てがみを　かいて　います。
りんさんは　なにを　して　いますか。
ラジオを　きいて　います。

かべに　はって　あるのは　なんですか。
かべに　はって　あるのは　ちずです。

在寫信的是誰？
在寫信的是李同學。

在聽收音機的是誰？
在聽收音機的是林同學。

李同學在做什麼？
在寫信。
林同學在做什麼？
在聽收音機。

貼在牆壁上的是什麼？
貼在牆壁上的是地圖。

テーブルの　うえに　かざって　あるのは　なんですか。
　テーブルの　うえに　かざって　あるのは　かびんです。
ちずは　どこに　はって　ありますか。
　かべに　はって　あります。
かびんは　どこに　かざって　ありますか。
テーブルの　うえに　かざって　あります。

擺飾在餐桌上的是什麼？
擺飾在餐桌上的是花瓶。
地圖貼在哪裡？
在牆壁。
花瓶擺飾在哪裡？
在餐桌上。

もんを　あけ
ほんを　あけ
はなを　いけ
おちゃを　いれ
ちずを　はっ
えを　かけ
じを　かい
そうじを　し
きを　うえ
くつを　そろえ
でんきを　つけ
でんきを　けし

て

いる。	います。

⇩

もんが　あけ
ほんが　あけ
はなが　いけ
おちゃが　いれ
ちずが　はっ
えが　かけ
じが　かい
そうじが　し
きが　うえ
くつが　そろえ
でんきが　つけ
でんきが　けし

て

ある。	あります。

【練習】

一、「ている」↓「ています」の形で言って下さい。

			動詞原義
会《あ》う	↓会っている	↓会っています。	（見面）
言う	↓	↓	（説・言）
咲《さ》く	↓咲いている	↓咲いています。	（花開）
引《ひ》く	↓	↓	（拉・查字典的查）
話す	↓話している	↓話しています。	（談話）
射《さ》す	↓	↓	（射）
立つ	↓立っている	↓立っています。	（站・豎着）
勝《か》つ	↓	↓	（贏）
死《し》ぬ	↓死んでいる	↓死んでいます。	（死）
飛ぶ	↓飛んでいる	↓飛んでいます。	（飛）
呼ぶ	↓	↓	（叫）
読む	↓読んでいる	↓読んでいます。	（讀）

悩《なや》む　↓　　↓　　（苦惱）
走る　↓走っている　↓走っています。（跑）
回《まわ》る　↓　　↓・　　（繞・轉）
着《き》る　↓着ている　↓着ています。（穿）
似《に》る　↓　　↓　　（相似）
見る　↓　　（看）
来《く》る　↓来《き》ている　↓来《き》ています。（来）
する　↓している　↓しています。（做）

二、「てある」「てあります」の形で言って下さい。

書く　↓書いてある　↓書いてあります。（寫）
置く　↓　　↓　　（放）
止《と》める　↓止めてある　↓止めてあります。（停）
締《し》める　↓　　↓　　（關）
供《そな》える　↓　　↓　　（供奉）

入《い》れる　↓　↓　（放入）

混《ま》ざる　↓混ざってある　↓　（混在一起）

待《ま》たせる　↓待たせてある　↓　（讓…等）

説明《せつめい》する　↓説明してある　↓　（説明）

三、例文のように練習して下さい。

例　太陽《たいよう》・照《て》る　↓太陽が照っています。　（照耀着）

水・濁《にご》る　↓　（混濁不清）

仕事《しごと》・進む　↓仕事が進んでいます。　（順利）

大工《だいく》さん・休む　↓　（休息）

バス・遅《おく》れる　↓バスが遅れています。　（誤點）

家《いえ》・倒《たお》れる　↓　（倒塌）

骨《ほね》・折《お》れる　↓　（骨斷）

妹・泣く　↓妹が泣いています。　（哭泣）

風・吹く　↓　（颳）

金魚・泳ぐ　↓　（游）

第二十一課　ていく・てくる・てみる・ておく

ちゅうかこうくうに　のって　いきました。
アジアこうくうで　かえって　きました。
てみやげを　もって　いきました。
おじさんに　あって　きました。
さしみを　たべて　みました。
おひるの　べんとうを　かって　おきます。
にほんごで　かいて　みます。
まえもって　かって　おきます。

坐華航去了。
坐亞航回來。
帶着禮物去了。
去見了叔叔回來。
試着吃生魚片。
我會買好午餐的便當。
我用日語寫看看。
我會提早買好。

【練習】

一、例のように書き入れてから話してみなさい。

例　乗る　↓乗って いく くる　↓乗って いきます きます

置《お》く　↓　↓

歩《ある》く　↓　↓　（行走）

挿《さ》す　↓　↓

写《うつ》す　↓　↓　（抄寫）

持つ　↓　↓　（拿）

飛ぶ　↓　↓

買《か》う　↓　↓

払《はら》う　↓　↓　（支付）

下りる　↓　↓

借りる　↓　↓

二、例のように書き入れてから話してみなさい。

例

食べる → 食べてみる → 食べてみます
　　　　　　　　おく　　　　　おきます

(1) 見る → →

(2) 考える → → （考慮）

(3) 掛ける → →

(4) 付《つ》ける → → （安上、裝上、記上）

(5) 並べる → → （並排）

(6) 調べる → → （查）

(7) 止《と》める → →

(8) 締《し》める → → （關）

(9) 借りる → →

第二十二課　て下さい・てしまう

おひやを　いっぱい　もって　きて　ください。
ウエートレスは　おひやを　もって　きました。
かさん、ちょっと　ゆうびんきょくへ　いって　ください。
かさんは　ゆうびんきょくへ　いきました。
ここの　ところを　もう　いちど　せつめいして　くださいませんか。
そこの　ところを　もう　いちど　せつめいしました。
もう　いちど　ゆっくり　いって　くださいませんか。
もう　いちど　ゆっくり　いいました。
りんさんは　きのうの　パーティに　でませんでしたね。
ええ、すっかり　わすれて　しまいまして。

請妳拿一杯冰水給我。
服務生拿來冰水。
柯小姐，請妳到郵局去一趟。
柯小姐到郵局去了。
這個地方再說明一次好不好？
他問的地方我再說明了一次。
可不可以慢慢地再說一次？
我慢慢地再說了一次。
林同學，你沒參加昨天的集會吧！
嗯！我完完全全忘記了……。

カステラは　どこに　おいて　あるの。
もう　たべて　しまったの。

蛋糕放在哪裡呢？
已經吃光了。

【練習】

一、

ドアを　締め
窓を　開け
椅子に　腰掛け
五時に　起き
十時に　寝
タバコを　吸っ
研究室を　使っ
写真を　撮っ
フランス語で　話し
林さんに　貸し

ても　いいですか⇩

ドアを　締め
窓を　開け
椅子に　腰掛け
五時に　起き
十時に　寝
タバコを　吸っ
研究室を　使っ
写真を　撮っ
フランス語で　話し
林さんに　貸し

て　下さい。

二、

鉛筆で 書い
足《あし》を 動い
日本で 働《はたら》い
タバコを 吸っ
もう 家へ 帰っ
速く 走っ

大きい 声で 読ん
会社を 休ん
医者を 呼ん
車で 運《はこ》ん
川で 泳い
靴を 脱《ぬ》い

ても	でも

いいですか⇩

鉛筆で 書か
足を 動か
日本で 働か
タバコを 吸わ
未だ 家へ 帰ら
あまり 速く 走ら

大きい 声で 読ま
会社を 休ま
医者を 呼ば
車で 運ば
川で 泳が
靴を 脱が

ないで 下さい。

三、

先生	が	字引《じびき》の 調《しら》べ方《かた》 リポートの 書《か》き方《かた》 ケーキの 作《つく》り方《かた》 電話《でんわ》の 掛《か》け方《かた》 電車の 乗《の》り方《かた》 単位《たんい》の 取《と》り方《かた》 薬《くすり》の 飲《の》み方《かた》 ビデオの 使《つか》い方《かた》	を	教えて 下さいました。

四、声を出して読んで下さい。

待つ ↓待ちます ↓待って下さい（ませんか）

飲む ↓飲みます ↓飲んで下さい

習う ↓習います ↓習って下さい

寝る ↓寝ます ↓寝て下さい

出る ↓出ます ↓出て下さい

食べる ↓食べます ↓食べて下さい

教える ↓教えます ↓教えて下さい

見る ↓見ます ↓見て下さい

着る ↓着ます ↓着て下さい

する ↓します ↓して下さい

来る ↓来ます ↓来て下さい

勉強する ↓勉強します ↓勉強して下さい

五、例のように過去形でいって下さい。

例　行く ↓行きました ↓行って下さいました。

書く ↓ ↓

出す ↓ ↓

貸す ↓ ↓

待《ま》つ ↓ ↓

持《も》つ　↓　↓

読む　↓　↓

頼む　↓　↓　（拜託）

運ぶ　↓　↓　（搬運）

呼ぶ　↓　↓

並べる　↓並べました　↓並べて下さいました。

調《しら》べる　↓　↓

掛ける　↓　↓

付ける　↓　↓

六　例のように言って下さい

例　行《い》く　↓行ってしまう　↓行ってしまった　↓行ってしまいました。

帰《かえ》る　↓

読《よ》む　↓

寝《ね》る　↓

食《た》べる↓
下《お》りる↓
開《あ》ける↓
入《い》れる↓
遅《おく》れる↓

第二十三課　形容詞

たいわんの　はるは　どうですか。
たいわんの　はるは　あたたかいです。
なつは　にほんより　あついですか。
にほんより　あついですね。
あきは　すずしいですか。
たいわんの　あきは　すずしく　ありません。
ふゆは　にほんの　ように　さむいですか。
にほんの　ように　さむく　ないです。

臺灣的春天如何？
臺灣的春天暖和。
夏天比日本熱嗎？
比日本炎熱哩！
秋天涼快嗎？
臺灣的秋天不涼快。
冬天像日本那樣冷嗎？
不像日本那樣冷。

【練習】

一、例　あかい　↓あかく　↓あかくて　↓あかかった。　（紅的）

しろい　↓　↓　↓　（白的）

くろい　↓　↓　↓　（黑的）

つよい　↓　↓　↓　（强的）

よわい　↓　↓　↓　（弱的）

わるい　↓　↓　↓　（不好的）

よい　↓　↓　↓　（好的）

おおい　↓　↓　↓　（多的）

すくない　↓　↓　↓　（少的）

おおきい　↓　↓　↓　（大的）

ちいさい　↓　↓　↓　（小的）

二、例　あつい　↓あつくないです　↓あつくなかったです。　（あつい：熱的）

危《あぶ》ない　↓　↓　（危險的）

汚《きた》ない　↓　↓（髒的）

楽《たの》しい　↓　↓（快樂的）

悲《かな》しい　↓　↓（悲哀的）

嬉《うれ》しい　↓　↓（高興的）

苦《くる》しい　↓　↓（痛苦的）

おかしい　↓　↓（奇怪的）

面白《おもしろ》い　↓　↓（有趣的）

珍《めずら》しい　↓　↓（稀奇的）

欲《ほ》しい　↓　↓（想要的）

ぬるい　↓　↓（溫溫的）

三、例　重い・軽い　↓重いですか、軽いですか。

(1) 近《ちか》い・遠《とお》い　↓

(2) 古《ふる》い・新《あたら》しい　↓（舊的、新的）

(3) 高《たか》い・安《やす》い　↓（貴的、便宜的）

(4) 長い・短《みじか》い　→　（快的、慢的）

(5) 早い・遅《おそ》い　→　（寬的、窄的）

(6) 広い・狭《せま》い　→

(7) むずかしい・やさしい　→　（難的、簡單的）

(8) 浅《あさ》い・深《ふか》い　→

(9) おいしい・まずい　→　（好吃的、不好吃的）

(10) あかるい・暗《くら》い　→　（亮的、暗的）

第二十四課　たい

あなたは　にほんへ　いきたいですか。
はい、にほんへ　いきたいですね。
にほんに　すみたいと　おもいますか。
すみたく　ないですね。

あなたは　コーヒーが　のみたいですか。
わたしは　コーヒーが　のみたいです。
なかむらさんも　コーヒーが　のみたいですかね。
わたしは　コーヒーが　のみたく　ありません。

【練習】

一、飲む　→飲みたくて　→飲みたく　なりました。
話す　→　→

你想不想去日本呢？
我好想去噢！
你想住日本嗎？
倒不想哩！

你想喝咖啡嗎？
我想喝咖啡。
中村同學是不是也想喝咖啡呢？
我不想。

遊《あそ》ぶ ↓ ↓

入《はい》る ↓ ↓

受ける ↓ ↓

起きる ↓ ↓

出る ↓ ↓

寝る ↓ ↓

来《く》る ↓ ↓

する ↓ ↓

二、例 帰りたい ↓帰りたくない ↓帰りたく ありません。（想回去）

休みたい ↓ ↓ （想休息）

買いたい ↓ ↓ （想買）

話したい ↓ ↓ （想講）

変《かわ》りたい ↓ ↓ （想換）

隠《かく》したい ↓ ↓ （想藏起來）

消《け》したい　↓　↓　（想擦掉）
決めたい　↓　↓　（想決定）
下《さ》げたい　↓　↓　（想降低）
締《し》めたい　↓　↓　（想關起來）
進《すす》みたい　↓　↓　（想前進）
捨《す》てたい　↓　↓　（想拋棄）

三、例　帰りたかった　↓帰りたくなかったです　↓帰りたくありませんでした。
抱《だ》きたかった　↓　↓
頼《たの》みたかった　↓　↓
倒《たお》したかった　↓　↓
使《つか》いたかった　↓　↓
届《とど》けたかった　↓　↓
助《たす》けたかった　↓　↓
食べたかった　↓　↓

見たかった　↓　↓

したかった　↓　↓

来たかった　↓　↓

第二十五課　形容動詞

えいごと　にほんごと　どちらが　すきですか。
にほんごの　ほうが　すきです。
よむのと　はなすのと　どちらが　じょうずですか。
どちらも　じょうずだとは　いえません。
Aこうえんは　ひろいですが、あまり　しずかでは　ありません
ね。
おっしゃる　とおりですね。
タイペーには　もっと　しずかな　こうえんは　ないでしょうか。
Bこうえんなら　もっと　しずかでしょう。

英語和日語你喜歡哪邊？
我比較喜歡日語。
閱讀和說話，你哪邊好。
兩邊都談不上好。
A公園雖然廣濶，但不怎麼靜嘛！
你說得對。
臺北沒有更安靜的公園了嗎？
B公園的話安靜罷。

【練習】

一、

まじめ
さかん
むだ
丈夫《じょうぶ》
立派《りっぱ》
簡単《かんたん》
複雑《ふくざつ》
有名《ゆうめい》
きれい

＿＿＿＿に＿＿＿＿

なるだろう。
なるでしょう。
なったね。
なりましたね。

二、

例　便利だ・所　→便利な所
真赤《まっか》だ・顔　→

まじめ：認眞。
さかん：盛行。
むだ：浪費、徒勞。
丈夫：健康。
立派：出色、華麗、堂皇。
きれい：乾淨、美麗。
便利：方便。
真赤：透紅。

朗《ほが》らかだ・人　↓

にぎやかだ・町　↓

まっ白だ・雪　↓

遙《はる》かだ・むこう　↓

正確《せいかく》だ・情報《じょうほう》　↓

不思議《ふしぎ》だ・話　↓

すてきだ・男性　↓

慎重《しんちょう》だ・態度《たいど》　↓

勇敢《ゆうかん》だ・軍人《ぐんじん》　↓

莫大《ばくだい》だ・財産《ざいさん》　↓

朗らかだ：開朗。

にぎやかだ：熱鬧。

まっ白だ：雪白。

遙かだ：遙遠。

むこう：那邊。

不思議だ：不可思議。

すてきだ：好帥、好棒的。

三、

平気だ　↓平気
すてきだ　↓
同じだ　↓
真剣《しんけん》だ　↓
乱暴《らんぼう》だ　↓
意外《いがい》だ　↓
重要《じゅうよう》だ　↓
有益《ゆうえき》だ　↓
すなおだ　↓
のんきだ　↓
元気だ　↓
上品《じょうひん》だ　↓

でしょう。
です(か)。
でした。
ではありません。
ではありませんでした。

平気だ：冷靜、不在乎的。

真剣だ：認眞、嚴肅的。
乱暴だ：粗魯、不講理的。

すなおだ：天眞、純樸的。
のんきだ：滿不在乎的。

上品だ：文雅、高尙的。

四、

例　不便だったでしょう　→不便では（なかったです。／ありませんでした。）

大変だったでしょう　→

にぎやかだったでしょう　→

好きだったでしょう　→

上手だったでしょう　→

下手だったでしょう　→

便利だったでしょう　→

積極的《せっきょくてき》だったでしょう　→

消極的《しょうきょくてき》だったでしょう　→

大変：了不得、要命。

にぎやか：熱鬧。

好き：喜歡。

上手：棒、高明。

下手：笨。

五、

あまり
そう
すこしも
ぜんぜん

静か
きれい
りっぱ
ていねい
じょうぶ
しんせつ
ゆうめい

では｛ないですね。
ありません。

ていねい：客套、慇懃。
しんせつ：親切。
ゆうめい：有名。

第二十六課　で

このほんは　どこで　かいましたか。
ほんやで　かいました。

ろんぶんは　いつ　できあがりますか。
あと　いっしゅうかんで　できあがります。

あなたは　せんせいと　なにごで　はなしを　しますか。
にほんごで　はなしを　します。

おさけは　なんで　つくりますか。
こめで　つくります。

きのう　がっこうへ　きませんでしたね。

這本書在哪兒買的？
在書店買的。

論文什麼時候完成？
再一個禮拜就完成。

你跟老師用什麼語言交談？
用日語交談。

酒是用什麼釀造的？
用米造。

你昨天沒上學是不是？

はい、びょうきで　がっこうを　やすみました。

是的。因爲生病沒來。

【練習】

一、

日本語センター
その本は　どこ
会議室
いつも　駅の前
私は　日本
あの　先生は　大学
いつも　家
きのう　レストラン

で

日本語を　勉強して　います。
買いましたか。
会議が　行《おこ》なわれます。
バスに　乗《の》り換《か》えます。
東洋史《とうようし》を　専攻《せんこう》しました。
日本語を　教えて　います。
晩ご飯を　食べます。
日本料理を　食べました。

二、

車
ラジオ
新聞
日本円
シャンプ
電話
トラック
電車
エスカレーター
エレベーター
日本語

で

東台湾《ひがしたいわん》を　一周《いっしゅう》しました。
短波放送《たんぱほうそう》を　聞《き》きました。
その　ニュースを　知りました。
電気製品《でんきせいひん》を　買いました。
頭を　洗《あら》いました。
意見《いけん》を　交《かわ》しました。
台中まで　運びました。
池袋《いけぶくろ》まで　行きました。
三階《さんがい》へ　上《あ》がりました。
下《した》へ　下《お》りました。
何と　いいますか。

シャンプ：洗髪精。
交す：交換。
トラック：卡車。
エスカレーター：扶梯。
エレベーター：電梯。

三、

交通事故《こうつうじこ》
台風《たいふう》
病気《びょうき》
旅行《りょこう》
火事《かじ》
食べ過《す》ぎ
期末試験《きまつしけん》
お蔭《かげ》さま

で

小学生が　死《し》に
木が　倒《たお》れ
会社《かいしゃ》を　休《やす》み
すっかり　疲《つか》れ
ほとんど　焼《や》け
おなかを　壊《こわ》し

ました。

忙しいです。
元気《げんき》です。

四、

五と六
みんな
一週間
今日
あと
三人
一人
千五百円
二本《にほん》
一人前《いちにんまえ》

で

十一に　なります。
いくらですか。
できるでしょう。
一年目です。
お会いしましょう。
作りました。
住んで　います。
売りました。
一万円です。
千二百円《せんにひゃくえん》です。

第二十七課　を・に

おとうさんは　おとうとさんに　なにを　かいましたか。
ちちは　おとうとに　シャツと　ズボンを　かいました。
くらいしさんは　どこに　いますか。
きってを　かいに　ゆうびんきょくへ　いって　おります。
なにか　あったんですか。
ええ、どろぼうに　ダイヤを　ぬすまれたんです。
あなたは　いちにちに　にほんごを　なんじかん　べんきょうしますか。
いちにちに　にほんごを　よじかん　べんきょうします。

爸爸給弟弟買了什麼呢？
爸爸給弟弟買了襯衫和褲子。
倉石先生在哪裡呀？
他到郵局去買郵票。
是不是發生了什麼事？
是的。給小偷偷走了鑽戒。
你一天花多少時間學日語？
一天平均花四小時學日語。

あなたは　まいあさ　うんどうを　しますか。
わたしは　まいあさ　かおを　あらう　まえに　うんどうを　します。

おじさんは　いつ　とうきょうに　ついたのですか。
けさ　くじに　ついたのです。

ちょうしょくは　なにを　たべますか。
ちょうしょくは　ほとんど　トーストに　ミルクです。

これから　どう　する　つもりですか。
ヨーロッパへ　いく　ことに　なるかも　しれません。
ヨーロッパへ　いく　ことに　しました。

你每天早晨做運動嗎？
我每天早晨洗臉前做運動。

叔叔什麼時候到東京的呢？
今天上午九點抵達的。

你早餐吃什麼呢？
早餐幾乎是麵包和牛奶。

今後做何打算？
說不定會去歐洲。
決定到歐洲去。

【練習】

一、

父	は	母	に	ネックレス	を	プレゼントしました。
弟		わたし		弁当《べんとう》		持って 来ました。
林さん		友だち		電話		かけました。
わたし		黒沢君《くろさわくん》		中国語		教えて あげました。
前田《まえだ》さん		あなた		何		買って あげましたか。
あなた		誰		日本語		教えて もらいますか。
誰	が	あなた		フランス語		教して くれますか。

二、

ビアガーデン
派出所《はしゅつじょ》
デパート
レストラン
A会社《がいしゃ》
駅
空港《くうこう》
大使館
文化会館
音楽ホール

へ

ビール
忘れ物
日用品《にちようひん》
おひる
入社試験《にゅうしゃしけん》
部長《ぶちょう》
友だち
奨学金《しょうがくきん》
生《い》け花《ばな》の展覧会《てんらんかい》
バイオリンの演奏会《えんそうかい》

を

飲み
取《と》り
買い
食べ
受け
見送《みおく》り
迎《むか》え
もらい
見
聞《き》き

に

行きましょう。
行きます。
行きました。

三、例のように書き入れてから練習して下さい。

例　学校まで　歩きます　→学校まで歩くんです。

筆で　書きます　→

雑巾《ぞうきん》で　拭《ふ》きます　→

銀行から　借ります　→銀行から借りるんです。

試験を　受けます　→

エレベーターで　下ります　→

蛇《へび》に　噛《か》まれた　→蛇に噛まれたんです。

財布《さいふ》を　取られた　→

先生に　叱《しか》られた　→

会社が　潰《つぶ》れた　→会社が潰れたんです。

体が　疲《つか》れた　→

学校を　休んだ　→

雑巾：抹布。

拭く：擦拭。

財布：錢包。

潰れる：倒閉。

米で　作った　↓米で作ったんです。

車で　行った　↓

バスで　帰った　↓

第二十八課　と

にわには　なんの　はなが　さいて　いますか。
バラと　きくの　はなが　さいて　います。
あさの　あいさつの　ことばは　なんと　いいますか。
「おはよう　ございます」と　いいます。
これは　なんと　いいますか。
これは　うめと　いいます。
きのうは　だれと　いっしょに　デパートへ　いきましたか。
ははと　いっしょに　いきました。
いちに　にを　たすと　いくらに　なりますか。

庭園裡開着什麼花呢？
開着玫瑰和菊花。
早上打招呼的用語叫什麼呢？
叫「早安」。
這叫什麼？
這叫梅花。
昨天跟誰一起到百貨公司呢？
跟母親一道去的。
一加二是多少呢？

さんに　なります。

きのうは　なんじに　うちに　つきましたか。

うちに　つくと　ちょうど　じゅうにじの　じほうが　なって

いました。

成三。

昨天幾點到家的？

到家的時候，報時剛響十二點。

【練習】

一、声を出して練習して下さい。

孫文先生 ＿＿ は ＿＿ 「三民主義《さんみんしゅぎ》は　救国主義《きゅうこくしゅぎ》」 ＿＿ と ＿＿ いいました。

玲子《れいこ》さん　「お父さん　お休みなさい」

ウエートレス　「どうぞ　いらっしゃいませ」

小林さん　「どちらへ　お出掛《でか》けですか」

先生は　「お国は」

二、

日本語で / これ / それ / あれ

は

テーブル / ネッカチーフ / 名刺《めいし》 / ウーロン茶《ちゃ》 / 能《のう》 / 文楽《ぶんらく》

何

と

いいます。

いいますか。

三、

クラスメート / 父 / チューター / 先輩《せんぱい》

先生 / ともだち / 高倉さん

と

下宿《げしゅく》さがしに　行きました。

日本へ　旅行に　行きます。

一緒に　調査《ちょうさ》を　しました。

同《おな》じ　部屋《へや》です。

相談してから　決めます。

けんかしては　いけません。

の　約束《やくそく》を　忘れました。

テーブル：餐桌。

ネッカチーフ：圍巾。

名刺：名片。

ウーロン茶：烏龍茶。

クラスメート：級友。

チューター：輔導功課的學長。

先輩：學長。

四、

あなたが　行く
速《はや》く　行かない
沢山《たくさん》　食べる
運動しない
真冬《まふゆ》だ

―――　と　―――

喜《よろこ》ばれますよ。
間《ま》に合《あ》いませんよ。
おなかを　こわします。
ふとりますよ。
やはり　寒いですね。

五、

電車が　とまる
勉強を　して　いる
家へ　帰る
毎朝　六時に　なる
夏に　なると

―――　と　―――

乗って　いた　人が　おり始めました。
友だちが　遊びに　来ました。
雨が　降り出しました。
目が　醒《さ》めます。
暑く　なります。

六、

一《いち》に　二《に》を　足《た》すと　三《さん》に　なります。1＋2＝3

三《さん》から　二《に》を　引《ひ》くと　一《いち》に　なります。3－2＝1

五に　三を　掛《か》けると　十五に　なります。5×3＝15

六を　二で　割《わ》ると　三に　なります。6÷2＝3

第二十九課　ても・ては

あなたは　あめが　ふっても　がっこうへ　いきますか。
はい、あめが　ふっても　がっこうへ　いきます。
あたまが　いたくても　かいしゃへ　でますか。
はい、あたまが　いたくても　かいしゃへ　です。

きょうしつの　なかで　たばこを　すっても　いいですか。
きょうしつの　なかで　たばこを　すっては　いけません。
ろうかでも　たばこを　すっては　いけませんか。
ろうかなら　すっても　いいです。

【練習】

一、例文のように書き入れてから練習して下さい。

例　待つ　↓待って　↓待っても

就是下雨，你也會去學校嗎？
是的，就是下雨我也會去。
就是頭痛也上班去嗎？
是的，就是頭痛也上班去。

在教室也可以抽煙嗎？
在教室可不能抽煙。
就是在走廊也不能抽煙嗎？
走廊的話可以抽的。

立つ　→　→
書く　→書いて　→書いても
泣く　→　→
買う　→買って　→買っても
言う　→　→
読む　→読んで　→読んでも
汲《く》む　→　→
飛ぶ　→飛んで　→飛んでも
叫《さけ》ぶ　→　→

二、例
泣く　→泣いては　いけません
書く　→
動《うご》く　→
歩く　→
慌てる　→慌てては　いけません

△汲む：提（水）。

△慌てる：慌張。

下りる　↓
止める　↓
出掛ける　↓
遅れる　↓
笑う　↓笑っては　いけません
買う　↓
言う　↓
払《はら》う　↓
来《く》る　↓来《き》ては　いけません
する　↓しては　いけません

三、例
痛い　↓痛くて　↓痛くても
遠《とお》い　↓　↓
重《おも》い　↓　↓
軽《かる》い　↓　↓

△出掛ける：外出。
△遅れる：遅到。
△払う：支付。

高い　↓　↓

低い　↓　↓

安《やす》い　↓　↓

長い　↓　↓

短い　↓　↓

厚《あつ》い　↓　↓

薄《うす》い　↓　↓

△高い：高。

△安い：便宜。

第三十課　なければなりません

もう　かえるんですか。
ええ、もう　かえらなければ　ならないんです。
あしたも　いくんですか。
はい、いかなければ　ならないんです。
まだ　くすりを　のんで　いるんですか。
はい、のまなければ　なりませんから。
じてんを　かわなければ　ならないですか。
はい、かわなければ　なりません。

要回去了嗎？
是的，再不回去不行了。
明天也要去嗎？
是的，因爲不去不行的。
還在吃藥嗎？
是的，因爲不吃不行啊。
不買字典不行嗎？
是的，不買不行。

【練習】

一、例のように書き入れてから練習して下さい。

帰るのですか　↓帰るんですか？

行くのですか　↓

書くのですか　↓

読むのですか　↓

話すのですか　↓

立つのですか　↓

売るのですか　↓

始まるのですか　↓

終わるのですか　↓

入れるのですか　↓

借りるのですか　↓

二、

例　帰る　→帰ります　→帰らなければなりません。

聞く　→　→

話す　→　→

貸《か》す　→　→

喜《よろこ》ぶ　→　→

横切《よこぎ》る　→　→

間に合う　→　→

付ける　→　→

借りる　→　→

掛ける　→　→

下《お》りる　→　→

来る　→　→

する　→　→

横切る：穿越。

間に合う：趕得上。

三、

例　十二時に　寝ます　↓十二時に　寝なければ　ならないんです。

あすまでに　作ります　↓明日までに　作らなければ　ならないんです。

来週に　帰ります　↓

来月に　建てます　↓

三月に　受けます　↓

二時半に　掛けます　↓

会社《かいしゃ》を　辞《や》めます　↓

薬《くすり》を　飲みます　↓

日本語を　習《なら》います　↓

本を　買います　↓

小包を　送ります　↓

第三十一課　ば・たら・なら

あなたは　いつ　にほんへ　いきますか。
そつぎょうできたら　はちがつに　いきます。
たいわんから　にほんまでは　なんじかんぐらい　かかりますか。
ジャンボなら　なりたまでは　さんじかんはんぐらいです。

こうくうびんで　だしたら　いつ　つきますか。
こうくうびんで　だせば　いつ　つきますか。
こうくうびんなら　いつ　つきますか。

你什麼時候到日本去？
能畢業的話，八月去。
從臺灣到日本要多少時間？
「巨無霸」的話到日本成田機場約三個半鐘頭。
寄航空信的話，什麼時候會到？
寄航空信的話，什麼時候會到？
寄航空信的話，什麼時候會到？

【練習】

一、

飲む　→飲んだら
読む　→読んだら
行く　→行ったら
履く　→履いたら
買う　→買ったら
言う　→言ったら
飛ぶ　→飛んだら
運ぶ　→運んだら
切る　→切ったら
売る　→売ったら
勝つ　→勝ったら
待つ　→待ったら

いいですね。
いいですよ。

履く：穿（鞋、襪）。

勝つ：贏。
待つ：等待。

二、

飲む　↓飲めば
読む　↓読めば
行く　↓行けば
履く　↓履けば
買う　↓買えば
言う　↓言えば
飛ぶ　↓飛べば
運ぶ　↓運べば
切る　↓切れば
売る　↓売れば
勝つ　↓勝てば
待つ　↓待てば

いいですね。

いいですよ。

三、

飲む　↓飲め
読む　↓読め
行く　↓行け
履く　↓履け
買う　↓買え
言う　↓言え
飛ぶ　↓飛べ
運ぶ　↓運べ
切る　↓切れ
売る　↓売れ
勝つ　↓勝て
待つ　↓待て

たら

いいですね。
よ。

四、

百円
林さん
五百円
日本の映画《えいが》
一月《ひとつき》だけ
車《くるま》

でしたら

買い
喜《よろこ》ばれ
売り
見《み》
貸《か》し
行き

ましょう。
ます。

夏
冬
秋
春
千円
一七五センチ
二十歳《はたち》

なら

暑い
寒い
涼しい
あたたかい
やすい
高い
若《わか》い

です。
でしょう。

第三十二課　から・ので・のに

なぜ　せんせいに　しかられましたか。

せいせきが　わるかったので　しかられました。

みちが　ぬれて　いますね。

あめが　ふったからでしょう。

あたまが　わるいのに　どうして　べんきょうしないんでしょうね。

からだが　よわいからでしょう。

爲什麼挨老師罵了？

因爲成績不好。

馬路濕濕的嘛！

可能是下雨的關係罷。

明明腦筋不好爲什麼不用功呢？

因爲身體不好的關係罷。

【練習】

一、

大変《たいへん》
とても
非常《ひじょう》に

甘《あま》い
やすい
短《みじか》い
面白《おもしろ》い
危《あぶ》ない
悲しい
おいしい
ずるい

から
ので

飲み
買い
捨《す》て
読《よ》み
やめ
泣き
食べ
嫌《きら》われ

ました。

二、

鈴《すず》木《き》さん
かのじょ
かれし

が
も

洗う
買う
行く
泳ぐ
飲む
食べる
出《で》る
起きる
来《く》る
見《み》る

から
ので

洗い
買い
行き
泳ぎ
飲み
食べ
出《で》
起き
来《き》
見《み》

ました。

三、

値段《ねだん》	が	やすい	のに	買わない。
頭		悪い		勉強しない。
日本語		うまい		話さない。
人柄《ひとがら》		良い		信用《しんよう》されない。

雨	が	降っている	のに	傘《かさ》	を	ささない。
体		ふとっている		運動《うんどう》		しない。
風邪《かぜ》		はやっている		注意《ちゅうい》		しない。
クーラー		つけてある		窓《まど》		しめない。

第三十三課　形式名詞　こと

あなたは　にほんごで　しつもんに　こたえる　ことが　できますか。

はい、にほんごで　しつもんに　こたえる　ことが　できます。

これから　どう　する　つもりですか。

タイペーで　しゅうしょくする　ことに　なりました。

それで　しりんに　すむ　ことに　しました。

あなたは　まいあさ　なんじに　おきますか。

ごじに　おきる　ことも　ありますが、

ろくじに　おきる　ことも　あります。

あなたは　びょうきを　した　ことが　ありますか。

你能不能用日語回答問題呢？

能的。我能用日語回答問題。

今後打算怎麼辦呢？

將在臺北上班。

因此決定住在士林了。

你每天早晨幾點起床？

有時候五點起床，

也有時候六點起床。

你有沒有生過病？

かぜを　ひいた　ことが　あります。
しかし、おもい　びょうきに　かかった　ことは　ありません。
あなたは　びょうきでも　がっこうへ　いく　ことが　あります
か。
はい、びょうきでも　がっこうへ　いく　ことが　あります。

有着涼過。
但沒生過大病。
你是不是生了病也上學校過？
是的，我有過生了病也上學校的
情形。

【練習】

一、

日本語	で	話す・書く・読む・答える	こと	が　できますか。
円盤《えんばん》を　投げる				
ペンキを　塗《ぬ》る				
着物《きもの》を　着《き》る				
独《ひと》りで　来《く》る				
きれいに　する				

円盤：鐵餅。

ペンキ：油漆。

独り：單獨、一個人。

きれいにする：弄乾淨。

二、

精密検査《せいみつけんさ》を　受《う》ける
店《みせ》を　閉《し》める
月賦《げっぷ》で　払《はら》う
アメリカから　買う
B会社から　注文《ちゅうもん》する
家から　通勤《つうきん》する
彼女と　結婚する
ドイツへ　留学する

＿＿＿＿＿＿＿＿

こと

＿＿＿＿＿＿＿＿

に

＿＿＿＿＿＿＿＿

なりました。
しました。

月賦：分期付款。
注文する：訂購。
通勤する：上下班。

三、

十時に　帰る
バスで　行く
プールで　泳ぐ
山を　登る
わたしが　行く
十二時に　食べる
日本語で　話す
ブランディを　飲む
朝日《あさひ》新聞を　読む
冷水《れいすい》摩擦《まさつ》を　する

こともありますが、

十二時に　帰る
自転車で　通《かよ》う
海で　泳ぐ
川で　泳ぐ
彼女が　来る
一時に　食べる
英語で　話す
ウイスキーを　飲む
読売《よみうり》新聞を　読む
風呂《ふろ》に　入る

こともあります。

四、

ヨーロッパへ　行った
ジャンボに　乗った
スペイン語で　話した
重い　病気に　かかった
富士山《ふじさん》に　登った
リポートを　書いた
さしみを　食べた
朝　五時に　起きた
テニスを　した
スキーを　した
車を　運転した

ことが　あります。	ことは　ありません。

五、

日本語で手紙を書くことがあります

↓日本語で手紙を書いたことがあります。

病気でも学校へ行くことがあります　↓

夜遅くまで勉強することもあります　↓

一日中何も食べないこともあります　↓

タクシーに乗って帰ることもあります　↓

一週間降り続いたこともあります　↓

六、

例　日本語が話せる　↓日本語を話すことができます。

酒が飲める　↓

新聞が読める　↓

子供《こども》も乗《の》れる　↓

やすく買える　↓

高く飛べる　↓

小包《こづつみ》で送れる　↓

日本語で歌える　↓

七、例　弾《ひ》く・教える　→弾くことはできますが、教えることはできません。

読む・話す　→

歩く・走る　→

入る・出る　→

買う・売る　→

上がる・下りる　→

見る・着《き》る　→

貸す・買う　→

立つ・坐る　→

登る・降りる　→

行く・帰る　→

乗る・下《お》りる　→

歌う・おどる　→

起きる・歩く　→

泳ぐ・潜《もぐ》る　→

八、声を出して練習して下さい。

できる　↓できない　↓できないことはない。
読む　↓読めない　↓読めないことはない。
書く　↓書けない　↓書けないことはない。
泳ぐ　↓泳げない　↓泳げないことはない。
話す　↓話せない　↓話せないことはない。
売る　↓売れない　↓売れないことはない。
買う　↓買えない　↓買えないことはない。
言う　↓言えない　↓言えないことはない。
来る　↓来られない↓来られないことはない。
やる　↓やれない　↓やれないことはない。

九、例　お酒を飲む　↓飲みます　↓飲むことができます。
英語で話す　↓　↓
バスで行く　↓　↓

漢字を読む　↓　↓
海《うみ》で泳《およ》ぐ　↓　↓
五時に起きる　↓　↓
日本語で教える　↓　↓
日本語で数える　↓　↓
自分《じぶん》で来る　↓　↓
自分でする　↓　↓

第三十四課　上げる・下さる・いただく

あなたは　せんせいの　たんじょうびに　なにを　（さし）あげますか。

ネクタイを　（さし）あげようと　かんがえて　います。

いもうとさんの　そつぎょうきねんに　なにを　やる　つもりですか。

アルバムを　やる　つもりです。

あなたの　にゅうがくおいわいに　おとうさんが　なにを　くださいましたか。

ちちが　にほんぶんがくぜんしゅうを　くださいました。

あにから　カフスボタンを　もらいました。

老師的生日，你要送什麼呢？

我想送領帶。

妹妹的畢業紀念打算送什麼？

打算送相簿給她。

爸爸送什麼給你做入學禮物呢？

爸爸給我日本文學全集。

哥哥給我袖釦。

【練習】

一、

私は……

先生《せんせい》
学長《がくちょう》
先輩《せんぱい》
社長《しゃちょう》
館長《かんちょう》
係長《かかりちょう》

に

ネクタイ
ネクタイピン
電子計算機《でんしけいさんき》
スタンド・ランプ
万年筆《まんねんひつ》
手紙《てがみ》

を

上げる　つもりです。
上げました。
さしあげました。
さし上げる　つもりです。

二、

私は……

おとうと
いもうと
お手伝《てつだ》いさん
ルーム・メイト
吉子《よしこ》さん

に

ハンカチ
ネッカチーフ
ストッキング
ペンダント
ヘヤピン

を

上げました。
やりました。

三、

先生
学長
先輩
社長
館長
係長

から ／ が

腕時計《うでどけい》
靴下《くつした》
シャツ
名刺《めいし》
かばん
漢和《かんわ》字典

を

いただきました。
下さいました。

四、

おとうと
いもうと
お手伝いさん
ルームメイト
吉子さん

から ／ が

スリッパ
小説
タオル
水泳着《すいえいぎ》
ローラースケート
アイススケート

を

もらいました。
くれました。

五、「AをBに上げました」の形で言って下さい。

(1)アルバム・林さん　(2)ネクタイ・先生

(3)万年筆・兄　(4)ネックレス・彼女《かのじょ》

(5)バスケットボール・彼氏《かれし》　(6)テニスのラケット・先輩《せんぱい》

(7)金魚・安藤《あんどう》さん　(8)おみやげ・伊藤《いとう》さん

(9)風邪薬《かぜぐすり》・加藤《かとう》さん　(10)帽子・佐藤さん

六、「Aをくれました」→「Aを下さいました」の形で言って下さい。

(1)日本語の本　(2)ラジオ　(3)手紙　(4)人形《にんぎょう》　(5)小鳥《ことり》

(6)電話　(7)カメラ　(8)なし　(9)かき　(10)りんご

第三十五課　てあげる・て下さる・ていただく

わたしは　かった　ビデオを　リーさんに　みせて　あげました。
そして、ビデオの　つかいかたを　おしえて　あげました。
それから　ビデオ・テープを　かして　あげました。

わたしは　そうさんに　かった　ビデオを　みせて　いただきました。
そして　ビデオの　つかいかたを　おしえて　いただきました。
それから　ビデオ・テープを　かして　いただきました。

リーさんは　かった　ビデオを　みせて　くださいました。
そして　ビデオの　つかいかたを　おしえて　くださいました。
それから　ビデオ・テープを　かして　くださいました。

我給李同學看我買的錄影機。
且教他錄影機的使用法。
然後借給他錄影帶。

我請莊同學給我看他買的錄影機。
且要他教我錄影機的使用法。
然後向他借錄影帶。

李同學給我看他買的錄影機。
且教我錄影機的使用法。
然後借給我錄影帶。

リーさん、ビデオ・デッキを　みせて　ください（ませんか）。
はい、どうぞ　みて　ください（ごらんなさい）。
リーさん、ビデオの　つかいかたを　おしえて　ください（ませんか）。
はい、おしえて　あげましょう。

李先生，能不能給我看一下錄影機？
好的，你看啊！
李先生，可不可以教我怎樣使用錄影機？
好！我來教你。

【練習】

一、声を出して練習して下さい。

切《き》って	やりました。
着《き》て	あげました。
配《くば》って	
組《く》み立《た》てて	
比《くら》べて	
加《くわ》えて	
削《けず》って	くれました。
捜《さが》して	下さいました。
誘《さそ》って	
敷《し》いて	もらいました。 いただきました。
支払《しはら》って	
締《し》めて	下さい（ませんか）。
知《し》らせて	あげましょう。
調《しら》べて	
信《しん》じて	
勧《すす》めて	
して	

二、例文のような順序で読んで下さい。

日本語を教える　→日本語を教えて上げましょう　→日本語を教えて上げました。

お金を出す　→　→

命《いのち》を助《たす》ける　→　→

手を叩《たた》く　→　→

電灯《でんとう》を付ける　→　→

風呂敷《ふろしき》で包《つつ》む　→　→

仕事《しごと》を手伝《てつだ》う　→　→

手紙を届《とど》ける　→　→

荷物《にもつ》を運《はこ》ぶ　→　→

ボタンを外《はず》す　→　→

日本語で話す　→　→

三、例　話して下さい　→話して下さいませんか　→話して下さいました。

放《はな》して下さい　→　→

払《はら》って下さい　↓　↓
冷《ひ》やして下さい　↓　↓
拾《ひろ》って下さい　↓　↓
拭《ふ》いて下さい　↓　↓
吹《ふ》いて下さい　↓　↓
干《ほ》して下さい　↓　↓
回《まわ》して下さい　↓　↓
磨《みが》いて下さい　↓　↓
見せて下さい　↓　↓

第三十六課　たり……たり

なつやすみは　どこかへ　いきましたか。

はい、うみで　およいだり　やまを　のぼったり　しました。

きのうは　なにを　しました。

ともだちと　たべたり　のんだり　しました。

なにか　かいて　いますか。

りょこうで　みたり　きいたり　した　ことを　かいて　おります。

暑假有沒有出去？

有的。在海邊游泳，或爬爬山。

昨天做什麼了呢？

跟朋友吃吃喝喝。

你在寫什麼？

在寫旅行中所見所聞。

【練習】

一、

行っ 話し 上がっ 出《で》 寝《ね》 売っ 話し	呼《よ》ん 泳《およ》い
たり	だり
来《き》 歌っ 下《お》り 入《はい》っ 起き 買っ 聞い	叫《さけ》ん 休《やす》ん
たり	だり

（ します。
しました。
です。

二、

例　行く　↓行ったり　↓行かなかったりです。

話す　↓　↓

立つ　↓　↓

飛ぶ　↓　↓

読む　↓　↓

売る　↓　↓

見る　↓　↓

いる　↓　↓

寝る　↓　↓

出る　↓　↓

来る　↓　↓

する　↓　↓

三、

暑かっ
長かっ
高かっ
白かっ
大きかっ
冷《つめ》たかっ
熱かっ
広かっ
近かっ

たり

寒かっ
短かっ
安かっ
黒かっ
小さかっ
暖《あたた》かかっ
ぬるかっ
狭《せま》かっ
遠かっ

たりです。

四、

例　暑い　↓暑かったり　↓暑くなかったりです。

多い　↓　↓

古い　↓　↓

良い　↓　↓

悪い　↓　↓

欲しい　↓　↓

嬉しい　↓　↓

悲しい　↓　↓

楽しい　↓　↓

やさしい　↓　↓

珍《めずら》しい　↓　↓

第三十七課　そうです

ゆうびんりょうきんが　あがったそうですね。
ええ、すいどうりょうきんも　あがるそうです。
こうさんは　せいせきが　わるいので　おとされるそうです。
きょねんも　おとされそうじゃなかったの。
ちんさんの　ぐあいはどうですか。
げんきそうです。
あめが　ふりそうですね。
はい、ごごから　ふるそうです。

聽說郵費漲了。
是的。聽說水費也要漲的樣子。
聽說黃同學因爲成績不好會被當掉。
去年不是差點被當嗎？
老陳的身體如何？
看來健康的樣子。
好像要下雨的樣子。
是的。聽說從下午會下雨。

この　ふでは　よさそうですね。　　這支筆看來不錯哩！

これより　いい　ふでは　ないそうです。　　聽說沒比這支筆更好的。

【練習】

一、

上がる　↓上がるそうです　↓上がったそうです　↓上がらなかったそうです。

売る　↓　↓　↓

帰る　↓　↓　↓

言う　↓言うそうです　↓言ったそうです　↓言わなかっ　そうです。

買う　↓　↓　↓

もらう　↓　↓　↓

する　↓するそうです　↓したそうです　↓しなかったそうです。

旅行する↓　↓　↓

運動する↓　↓　↓

答える → 答えるそうです → 答えたそうです → 答えなかったそうです。

唱《とな》える → → →

集める → → →

広める → → →

調べる → → →

助ける → → →

別れる → → →

隠れる → → →

二、

落とす（ 落とされそうです。
落とされるそうです。

起きる（ 起きられそうです。
起きられるそうです。

下りる（下りられそうです。
下りられるそうです。

食べる（食べられそうです。
食べられるそうです。

曲《ま》げる（曲げられそうです。
曲げられるそうです。

避《さ》ける（避けられそうです。
避けられるそうです。

三、

静か
丈夫
まじめ
元気
便利
上品
正直

美し
悲し
高
低
面白
良さ
無さ

そうです

↓

静か
丈夫
まじめ
元気
便利
上品
正直

だ

美しい
悲しい
高い
低い
面白い
良い
無い

そうです。

第三十八課　ようです

こっちの　ほうが　ながいようですね。

わたしには　みじかいように　みえますね。

きょうは　ふゆの　ように　さむいですね。

きのうは　なつの　ように　あつかったのに。

せんせいは　つかれて　いるようです。

どうも　かぜを　ひいたようです。

這邊比較長的樣子。

我看倒覺得好像比較短。

今天像冬天般地冷。

昨天却跟夏天般地熱。

老師好像疲倦的樣子。

好像着涼了的樣子。

【練習】

一、

やさしい
むずかしい
つよい
よわい
たかい
やすい
さむい
あつい

| ようだ。 |
| ようです。 |

二、

イタリア製《せい》
フランス製
先生
大学生

の　様《よう》に　みえます。

日本人
中国人
草月流《そうけつりゅう》
池坊《いけのぼう》
タイワン料理
ペキン料理

だと　思います。

三、例のようにつけてから話して下さい。

例　行く　→行けるようになりました。

書く　→

歩く　→

写す　→

射す　→

立つ　→

勝つ　→

読む　→

飲む　→

通《とお》る　→

売《う》る　→

四、例　降る　→降りそうです　→降るそうです。

ある　→　→

売る ↓ ↓

行く ↓ ↓

売れる ↓ ↓

掛かる ↓ ↓

起こる ↓ ↓

読める ↓ ↓

行ける ↓ ↓

歩ける ↓ ↓

見える ↓ ↓

第三十九課　せる・させる

にほんへ　いきたいですか。
いきたいんですが、ちちは　いかせて　くれません。
あなたは　いもうとに　へやの　そうじを　させますか。
はい、　まいにち　いもうとに　へやの　そうじを　させます。

你想去日本嗎？
想去，但家父不讓我去。
你會叫妹妹打掃房間嗎？
會的，每天我叫妹妹打掃房間。

【練習】

一、例のように書き入れてから練習して下さい。

例　言う　→言わせる　→言わせない
笑う　→
話す　→
写す　→
書く　→

泣く　↓

売る　↓

怒る　↓

喜ぶ　↓

遊ぶ　↓

死ぬ　↓

来る　↓来させる　↓来させない

する　↓させる　↓させない

二、例のように書き入れてから練習して下さい。

例　行く：行きたいんですが、行かせてくれません。

聞く：

話す：話したいんですが、話させてくれません。

挿《さ》す：

作る：作りたいんですが、作らせてくれません。

売る：

起きる：起きたいんですが、起きさせてくれません。

下りる：

見る：見たいんですが、見させてくれません。

いる：・

来る：来たいんですが、来させてくれません。

する：したいんですが、させてくれません。

三、

取る　→取らせる　→取らせない　→取らせると困ります。

打つ　→　→　→

切る　→　→　→

踏む　→　→　→

第四十課　れる・られる

むらやまさんは　どうして　せんせいに　しかられましたか。

わるい　ことを　したので　しかられました。

Aさんは　どうして　みんなに　きらわれて　いますか。

よく　うそを　つくので　きらわれて　います。

【練習】

一、

叱る　↓叱られる　↓叱られました　↓叱られたんです。

降る　↓　↓　↓

切《き》る　↓　↓　↓

殺《ころ》す　↓　↓　↓

噛《か》む　↓　↓　↓

村山同學怎麼挨老師罵了呢？

因爲做了壞事挨了罵。

A同學爲什麼惹大家討厭？

因爲常說謊所以惹人討厭。

盗《ぬす》む　↓　↓　↓
追《お》う　↓　↓　↓
問《と》う　↓　↓　↓
引く　↓　↓　↓
泣く　↓　↓　↓

二、

見る　↓見られる　↓見ることができます。
着る　↓　↓
来る　↓来られる　↓来ることができます。
する　↓される　↓することができます。
食べる　↓食べられる　↓食べることができます。
起《き》きる　↓　↓
下りる　↓　↓
決める　↓　↓

忘れる　↓　　　　↓

教える　↓　　　　↓

三、

取る　↓取られる　↓取られると　困ります。

打つ　↓打たれる　↓

切る　↓切られる　↓

踏《ふ》む　↓踏まれる　↓

見る　↓見られる　↓

第四十一課　らしいです

あのひとは　りんさんですか、リーさんですか。
リーさんらしいです。

ごめんください。ごめんください。
どうも　だれも　いないらしいですね。

あしたの　てんきは　どうですかね。
あしたは　いいらしいですよ。

くもって　きましたね。
どうも　あめが　ふるらしい。

この　あたりは　どうですか。

那個人是老林或老李呢？
好像是老李的樣子。

有人在嗎？有人在嗎？
看來好像沒人在。

明兒的天氣怎麼樣呢？
明天好像不錯的樣子。

天空暗下來了。
好像要下雨的樣子。

這一帶怎麼樣？

どうも　しずかでは　ないらしい。

そんさんは　ほんとうに　おとこらしいですね。

その　かわり、りんさんは　おとこらしく　ないですね。

看來不怎麼靜的樣子。

孫同學眞是個男子漢哩！

相反地，林同學可沒男人的氣概！

【練習】

一、

行く		行か
帰る		帰ら
見る		見
出る		出
受ける	らしい　↓	受け
慣れる		慣れ
来る		来
する		し

ないらしい。

二、例　A・B　↓AではなくBらしいです。

(1) 林さん・李さん　↓

(2) イギリス・フランス　↓

(3) 桜・梅　↓

(4) 日本航空・アジア航空　↓

(5) 7 4 7・7 2 7　↓

(6) ドイツ語・フランス語　↓

(7) 共通語《きょうつうご》・方言《ほうげん》　↓

(8) 去年・おととし　↓

(9) 今週・来週　↓

(10) 京都《きょうと》・奈良《なら》　↓

(11) 朝日《あさひ》・読売《よみうり》　↓

三、

いい
多《おお》い
暗《くら》い
辛《つら》い
遠《とお》い
近《ちか》い
悲《かな》しい
嬉《うれ》しい
楽《たの》しい
さびしい
正《ただ》しい
親《した》しい

らしい

↓

良く
多く
暗く
辛く
遠く
近く
悲しく
嬉しく
楽しく
さびし
正しく
親しく

ないらしい。

静か
丈夫《じょうぶ》
まじめ
確《たし》か
元気
便利
上品《じょうひん》
正直《しょうじき》

らしい

↓

静か
丈夫
まじめ
確か
元気
便利
上品
正直

で（は）ないらしい。

國家圖書館出版品預行編目(CIP)資料

日本語句型會話 / 蔡茂豐編著. -- 初版. -
新北市 : 萬人, 2018.04
面 ; 公分
ISBN 978-957-461-337-3(平裝附光碟片)

1. 日語 2. 句法 3. 會話

803.169 107004468

日本語句型會話 改訂版

著　　者 / 蔡茂豐博士
地　　址 / 台北市金山南路一段六七巷八號七樓
電　　話 / (〇二)三九一六一二八
郵政劃撥帳號 / 〇一七六二九八九號　蔡茂豐帳號
發 行 所 / 大新書局
地　　址 / 台北市瑞安街二五六巷一六號
電　　話 / (〇二)七〇三九六三九
書+MP3
發 行 者 / 謝長庚
出 版 者 / 萬人出版社有限公司
總 經 銷 / 時報文化出版企業股份有限公司
地　　址 / 桃園市龜山區萬壽路二段 351 號
電　　話 / 02-23066842
特　　價 / 290 元（書附 MP3　6 小時）

內政部登記政局版台業字第 1822 號
E-mail:mass.book@msa.hinet.net
www.massbook.com.tw